Sabine Richling

Kein Sex mit einem Casanova

AF206709

Sabine Richling

Kein Sex mit einem *Casanova*

Liebesroman

Bibliografische Information der Deutschen Nationalbibliothek:
Die Deutsche Nationalbibliothek verzeichnet diese Publikation in der Deutschen Nationalbibliografie; detaillierte bibliografische Daten sind im Internet über http://dnb.dnb.de abrufbar.

© 2020 Sabine Richling
Lektorat/Korrektorat:
Christina Lelewell und Frank Lohmann
Coverbild: luckybusiness/Shotshop.com

Herstellung und Verlag: BoD – Books on Demand, Norderstedt

ISBN: 978-3-7504-2765-5

1

Ich blicke in den Spiegel und bewundere mich. Was bin ich doch für eine außergewöhnlich attraktive junge Frau. Die Schöpfung hat bei mir ganze Arbeit geleistet und mir langes blondes Haar geschenkt, das mir in sanften Wellen bis zu den schlanken Hüften reicht. Meine Augen leuchten blau wie das karibische Meer und mein hübsches Gesicht sieht auch mit Mitte dreißig so glatt wie das einer Teenagerin aus. Kurzum: Ich bin eine Schönheit, ein wahrer Männertraum!

Mein Name ist Eva und ich bin unsympathisch. Schon als Kind wurde ich nicht gemocht, weder von meinen Mitschülern noch von meinen Eltern. Auch meine Schwestern – drei an der Zahl – hassten mich und somit kam, was kommen musste: Ich entwickelte mich zum schwarzen Schaf der Familie, zur Außenseiterin.

Ich konnte es niemandem wirklich recht machen, alles, was ich tat oder sagte, war in ihren Augen falsch. Ich gebe zu, ich war von jeher exzentrisch und etwas anders denkend, habe meine Meinung immer lautstark heraus-posaunt, ob man mich nach meiner Ansicht gefragt hat oder nicht. Aber soll ich denn schweigen, wenn allzu deutlich wird, dass jemand uninformiert ist und Unsinn daherredet? Ich kann das jedenfalls nicht, darum habe ich ein verboten vorlautes Mundwerk.

Meine Leistungen in der Schule waren hervorragend, aber selbst die Lehrer konnten mich nicht leiden. Immerzu fuhr ich ihnen über den Mund und meinte, alles besser zu wissen. Na ja, so war es ja auch! Ich verfüge über ein überdurchschnittliches Gedächtnis. Sobald ich etwas lese, speichere ich es ab. Ich bin eben furchtbar schlau und lasse auch ständig den Besserwisser raushängen.

Manchmal habe ich wirklich das Gefühl, nur von Dumpfbacken umgeben zu sein. Mein Gott, dieses Halbwissen der Leute geht mir ehrlich auf die Nerven!

Auch in der Schule wurde ich zur Außenseiterin, keiner wollte was mit mir zu tun haben. Ich hatte niemals Freunde, nicht mal eine Busenfreundin, mit der ich mich zum Bummeln verabreden konnte und zum anschließenden Kaffeekränzchen, um über Männer und Schminke zu fachsimpeln.

In meiner Klasse war ich nicht die einzige Randfigur. Da gab es noch Luise – das Mauerblümchen. Ihr Stimmchen war so zart wie ein Windhauch, ebenso ihre Statur. Herrje, sie war so zerbrechlich, dass auch ich nichts mit ihr zu tun haben wollte. Ich verabscheue schüchterne Menschen, die haben hier auf dem Globus nichts verloren. Sie sind die Minderwertigen der Gesellschaft und schwächen die Gemeinschaft. Meine Abneigung ihr gegenüber habe ich deutlich gemacht. Sobald sie es wagte, mich anzusprechen, hat sich mein ohnehin zickig klingender Ton noch multipliziert. Trotzdem schien sie mich gemocht zu haben. Wahrscheinlich war sie der einzige Mensch meiner Jugend, der es wirklich ehrlich mit mir meinte. Doch hey, eine Eva Kramer, schön und gebildet, gibt sich nicht mit Losern ab. Schließlich bin zu Höherem berufen. Ich will emporsteigen, mit der Crème de la Crème verkehren und von weit oben runterschauen auf die Nichtsnutzigen, die, die ununterbrochen jammern über ihr Leben und ihre Unvollkommenheit und beruflich nichts erreichen. Statt sich aus ihrem Elend herauszukämpfen, etwas zu lernen und zu bewegen, suhlen sie sich in ihrem kontraproduktiven Dasein und fühlen sich auch noch ungerecht behandelt. Sie zeigen mit dem Finger auf reiche Leute, auf die Regierung oder Firmenbosse und suchen die Schuld stets bei anderen. Dass sie ihren eigenen Hintern nicht bewegt bekommen, wird dabei geflissentlich übersehen. Jeder kann alles erreichen, wenn er nur will. Erfolglose Menschen wollen es demzufolge eben nicht und haben in meiner Welt einfach nichts verloren.

Aus diesem Grund habe ich auch den Kontakt zu meiner Familie abgebrochen. Sie sind allesamt Taugenichtse. Meine Eltern haben uns mit Ach und Krach durchbekommen mit ihrem mickrigen Einkommen. Mein Vater war Sachbearbeiter in einem Getränkeunternehmen, meine Mutter Hausfrau. Keine Ahnung, wie man mit der Hausfrauenrolle zufrieden sein kann. Das ist doch vergeudete Zeit. Aber bitte, wer es mag, so zu leben, sich täglich mit Kinderbrei und Windeln wechseln beschäftigen will, soll sich keinen Zwang antun. Ich weiß da Besseres mit meinem Leben anzufangen.

Meine Schwestern haben handwerkliche Berufe ergriffen. Die eine ist Friseurin, die mittlere Gärtnerin und die jüngste Elektrikerin. Sorry, aber damit kommt man doch nicht weit im Leben – gerade mal bis zur Abbruchkante und danach geht's nur noch bergab.

Um mich von der Wertlosigkeit meiner Familie nicht runterziehen zu lassen, war es das Beste für mich, meinen eigenen Weg einzuschlagen und sämtliche Kontakte dorthin einzufrieren. Und ehrlich gesagt, fahre ich ohne ihre ständige Kritik an mir schlicht besser. Nie war ich in ihren Augen richtig, was ich auch sagte, alles wurde auf die Goldwaage gelegt und immerzu reagierten sie pikiert. Dabei nenne ich die Dinge lediglich beim Namen, sage halt, was ich denke. Sie sind doch selbst schuld, wenn sie gleich beleidigt sind und die Wahrheit nicht aushalten. Ich musste ja ihre wachsende Rummäkelei an mir auch ertragen.

Ohne sie bin ich zufriedener. So gesehen fühle ich mich grundsätzlich ohne Menschen wohler. Aber ich bin nun mal nicht die Einzige auf dem Erdball und muss akzeptieren, dass niedere Menschen meinen Weg kreuzen, ob mir das passt oder nicht.

Gerade habe ich Mittagspause, die ich selbstverständlich alleine verbringe. Meine Kollegen wollen mit mir nichts zu tun haben. Ich lege ebenfalls keinen Wert auf ihre Gesellschaft. Immerhin bin ich in leitender Position eines großen Bekleidungsunternehmens, da gebe ich mich mit dem Fußvolk nicht ab. Außerdem habe ich vor, meine Karriere voranzutreiben, da sind mir kleingeistige Mitarbeiter nur im Weg.

Ich arbeite gerade daran, die Geliebte meines Bosses zu werden. Bisher ist es mir stets gelungen, den Mann meiner Wahl zu verführen. Solange ich einen Vorteil daraus schlagen kann, bin ich nicht wählerisch. Er muss lediglich vermögend sein und mein berufliches Vorankommen beeinflussen können. Der Rest ist mir egal. Am Ende kommt es nur darauf an, was unterm Strich für mich herauskommt. Wenn nötig, führe ich sogar Gott in Versuchung. Als mächtigstes Wesen im Universum steht er ganz oben auf meiner Liste. Jedoch gestaltet sich ein Date mit ihm schwierig, immerhin ist er nicht einfach so verfügbar. Aber ich bleib dran, denn mein Ziel ist es, reich und mächtig zu werden. Und dafür bin ich bereit, alles zu tun. Das ist mein Kredo!

Ich betrete das gemütliche Café, in dem ich meine Pause bevorzugt verbringe. Als Stammkundin steht mir seit einigen Jahren ein kleiner, einsam gelegener Tisch zu, der stets um dieselbe Uhrzeit für mich frei gehalten wird. Die Mitarbeiter des Cafés sind die einzigen Menschen, die nett zu mir sind, was daran liegen mag, dass mein Trinkgeld für sie mehr als großzügig ausfällt. In der Regel bin ich Fremden gegenüber nie in Geberlaune. Wenn ich aber das Gefühl habe, jemand ist fleißig, kann sich meine Stimmung in dieser Hinsicht auch mal wandeln. Kommt allerdings bloß in Ausnahmefällen vor. Ich bin schließlich nicht der Weihnachtsmann. Außerdem muss auch ich für mein Geld hart arbeiten.

Ich nehme Platz an meinem Tisch und kaum sitze ich, fegt Pia heran, um meine Bestellung aufzunehmen.

„Das Übliche, Frau Kramer?", erkundigt sie sich, obwohl ihr längst klar ist, dass meine Antwort ja lauten wird.

„Ja", gebe ich also erwartungsgemäß zurück und lächle sie an. Immerhin strahlt sie wie die Morgensonne, in der Hoffnung auf gutes Trinkgeld.

„Gerne", flötet sie mir zu und fliegt davon.

„Entschuldigung, ist bei Ihnen noch ein Platz frei?", fragt mich ein gut aussehender, hochgewachsener junger Mann mittleren Alters.

Mir friert das Lächeln ein, das ich vergessen hatte, rechtzeitig aus dem Gesicht zu löschen.

„Nein, tut mir leid", antworte ich kratz-bürstig, „das ist mein Tisch."

„Aber an *Ihrem* Tisch scheint mir genug Platz für zwei zu sein. Hier steht ein zweiter Stuhl und meine kleine Tasse Kaffee, die ich trinken möchte, wird Sie bestimmt nicht weiter stören", erwidert er grinsend und zwinkert mir zu.

In Gedanken rolle ich mit den Augen. Der Kerl mag ja übermäßig attraktiv aussehen (erstaunlich, wie ein einzelner Mensch so viel innerliche und äußerliche Schönheit ausstrahlen kann), aber er ist auch unerträglich penetrant. Meine Güte, was mache ich jetzt bloß? Ich will alleine sein, merkt er das nicht?

„Nun geben Sie sich einen Ruck", fügt er schmunzelnd an und zieht sich bereits den Stuhl zurecht. Jedoch besitzt er die Höflichkeit, weiterhin auf meine Antwort zu warten, statt sich einfach zu setzen.

„Also schön", gebe ich leicht gereizt von mir, „Sie haben mich überredet."

Dabei waren seine Argumente fadenschei-nig. Als ich mich umsehe, fallen mir freie Plätze auf. Er hätte auch woanders fragen können, doch er musste ausgerechnet meine Ruhe stören.

„Ich wusste, Sie sind eine nette und charmante junge Frau", sagt er zu meiner Überraschung und nimmt mir gegenüber Platz.

„Da muss Ihr Urteilsvermögen aber getrübt sein. Mich findet niemand nett, schon gar nicht charmant."

Seine Mundwinkel verziehen sich zu einem amüsierten Lächeln.

„Und witzig sind Sie auch noch", vervollständigt er sein fehlerhaftes Meinungsbild über mich.

„Tut mir leid, Sie enttäuschen zu müssen, aber ich verfüge über keinerlei natürlichen Witz oder Humor. Ich bin steif wie ein Sahnehäubchen und zum Lachen gehe ich nicht mal in den Keller, denn ich lache nie."

Plötzlich bricht mein Tischgenosse in schallendes Gelächter aus. Was ihn allerdings so erheitert, bleibt mir verborgen, denn meine Worte waren bitterernst gemeint und eher als Warnung zu verstehen. Sie sollten ihn abschrecken und jeglichen Flirtversuch im Vorfelde abwürgen. Ich lege keinen Wert auf Zufallsbekanntschaften, ich habe andere Pläne.

Nur mühsam fängt er sich wieder und als seine Lachfältchen um die Augen langsam wieder verschwinden, beginnt mir dieser liebenswerte Anblick schon zu fehlen. Häh …?

„Nein, ich muss mich korrigieren", schwenkt er unerwartet um und sieht mich mit ernster Miene an. „Sie sind eine einsame Wölfin und geben sich unnahbar, um von niemandem verletzt zu werden."

Sofort unterbreche ich unseren Augenkontakt und blicke auf die Zuckerdose vor mir.

„Und Sie sind wohl Psychologe", erwidere ich und erneuere unseren Blickkontakt. Dabei stelle ich fest, dass er wieder zu lächeln beginnt. Bis eben befürchtete ich schon, von ihm analysiert zu werden. Jetzt bin ich froh, dass seine flüchtige Ernsthaftigkeit sogleich verflogen ist. Ich kann es nicht ausstehen, wenn andere mein Innenleben auseinander nehmen wollen. Meine Psyche gehört mir! Da lass ich niemanden ran. Nur mich selbst und ich will mich mit ihr nicht beschäftigen, deshalb bleibt sie jungfräulich unangetastet.

„Oh nein", streitet er meine perfekt hergeleitete Hypothese ab. „Ich beschäftige mich zwar mit Menschen, aber anders, als Sie denken."

„Woher wollen Sie wissen, was ich denke?", frage ich eine Spur zu unhöflich. Aber ich sitze ja auch nicht hier, um mich mit fremden Männern zu unterhalten, sondern um meine wenige freie Zeit in Frieden zu verbringen. Dieser wird nun unverhohlen gestört, das finde ich unerhört!

Er schlägt seine Beine übereinander und nimmt eine bequeme Sitzhaltung ein.

„Nun ja, ich will es mal so ausdrücken: Mit Ihrer Aura senden Sie deutliche Zeichen", behauptet er allen Ernstes. „Darin kann man lesen wie in einem Buch."

„Und Sie verstehen sich im Auralesen?", möchte ich wissen und fühle mich unwohl bei dem Gedanken, er könnte mich durchschauen. Denn nach außen kehre ich meine starke Seite. Stark, so möchte ich auch wahrgenommen werden. Niemand soll wissen, wie zerbrechlich ich in Wahrheit bin.

Als hätte er meine Ängste gespürt, lässt er sich mit der Antwort Zeit und beobachtet meine unsichere Mimik.

„Ich vermute, es ist Ihnen unangenehm, durchleuchtet zu werden", antwortet er an meiner Frage vorbei.

„Da liegen Sie richtig", bestätige ich seine Annahme. „Und *ich* vermute, das haben Sie auch aus meiner Aura herausgelesen."

„Nun ja, schon", gibt er zu. „Ich beschäftige mich viel mit Menschen, da fallen einem so manche Dinge ins Auge."

„Ach ja? Ich denke, ich möchte nicht erfahren, was Ihnen bei mir auffällt. Das geht Sie eigentlich auch nichts an", vergreife ich mich im Ton.

Zum Glück kommt Pia mit meiner Bestellung herangeeilt, was mir einen Augenblick Zeit zum Luftholen gibt. Schäme ich mich gerade dafür, dass ich meinen Gesprächspartner ruppig angegangen bin? Seit wann empfinde ich Reue für gefühlskaltes Benehmen? Das ist schon viele Jahre nicht mehr vorgekommen. Seitdem mir klar geworden ist, dass andere meine Verletzlichkeit ausnutzen, wenn ich zu sanftmütig erscheine.

„So, ein Käsekuchen und eine heiße Schokolade", sagt Pia und drapiert alles akkurat vor meiner Nase.

„Danke", erwidere ich kurz und knapp.

„Und was kann ich Ihnen bringen?", fragt sie meinen Auraleser.

„Einen schwarzen Kaffee bitte", gibt er seine Bestellung lächelnd auf. Offenbar ist ihm das Lächeln trotz meiner stimmungskillenden Bemerkung nicht vergangen.

„Einen Kaffee", wiederholt Pia, entzückt von seinem Charme, und schwebt davon.

Als wir wieder allein sind, lehnt er sich weiter vor und starrt mich intensiv an. Oh Mann, muss das sein?

18

„Ich bin Ihnen wohl zu nah gekommen", stellt er richtig fest.

Ich greife mir den Löffel und rühre den Milchschaum unter die Schokolade.

„Bitte hören Sie auf, mich zu analysieren", flehe ich ihn beinahe an. „Ich mag das nicht."

„Tue ich das denn? Das ist mir gar nicht aufgefallen." Er reibt sich das Kinn. „Das muss wohl daran liegen, dass ich täglich von vielen Seelen umgeben bin, die Hilfe benötigen. Ich erfahre eine Menge über sie und bemühe mich, jeder einzelnen zu helfen."

„Sind Sie der liebe Gott? Mir braucht niemand zu helfen, ich komme sehr gut klar. Und falls ich göttlichen Beistand benötigen sollte, weiß ich ja jetzt, wo ich Sie finde", gebe ich spöttisch von mir. So habe ich mir das Date mit Gott nicht vorgestellt. Er soll mich nicht therapieren, sondern heiraten und zu einer mächtigen Frau machen.

Mein Gegenüber beginnt, amüsiert zu lachen, sodass sich diese sympathischen Fältchen um seine Augen formen.

„Sie sind in der Tat eine humorvolle Frau. Und streiten Sie es nicht wieder ab! Ich habe lange nicht mehr so herzhaft gelacht. In meinem Beruf habe ich täglich mit Elend und Leid zu tun. Glauben Sie mir, da tut einem eine kleine Ablenkung wirklich gut."

Aha, habe ich also Recht! Er ist der liebe Gott! Sein *Beruf*, ha, ich lach mich schlapp!

„Sie streiten es also nicht ab?", frage ich vorsichtshalber noch mal nach.

„Was meinen Sie?", stellt er sich dumm.

„Na, dass Sie Gott leibhaftig sind", helfe ich ihm auf die Sprünge.

Erneut kann er sich kaum halten vor Lachen.

„Sie sind lustig. Ich habe ja bereits einiges gehört: dass ich ein Samariter bin oder ein Engel auf Erden, aber das sagt man mir zum ersten Mal."

Na glaubt er denn, nur weil er sich in menschlicher Gestalt zeigt, unerkannt zu bleiben?

Pia kommt mit dem Kaffee vorbei und stellt ihn Gott direkt vors Gesicht, dabei strahlt sie ihn aus allen Öffnungen an und kann sich seiner Attraktivität kaum erwehren.

„Danke, Pia", weiß er ihren Namen. Woher? Schließlich sehe ich ihn heute hier das erste Mal. Ach so, er kennt bestimmt alle Namen, einschließlich meinen.

„Gerne", singt Pia zurück und tänzelt von dannen.

„Ich heiße übrigens Tom", gibt er freimütig seinen Namen preis. Dabei ist mir längst klar, wer er wirklich ist.

„Soll ich Sie nicht besser ‚Gott' nennen?", lasse ich nicht locker.

„Tommy wäre mir lieber", sagt er amüsiert. „So nennen mich meine Freunde."

Also schön, wenn er dieses Versteckspiel unbedingt weiterspielen möchte, bitte. An mir soll's nicht liegen.

Ich nicke nur und erwidere nichts.

„Und wie soll ich Sie nennen?", fragt er zu meinem Erstaunen.

„Das müssten Sie doch wissen, wenn Sie meine Aura lesen können."

„Ja, ich muss gestehen, solche Informationen finden sich darin nicht. Obwohl ich mich darüber sehr freuen würde, denn dann ließe sich Ihre Telefonnummer in ihr sicher auch erkennen", gibt er feixend von sich.

Mir bleibt die Luft weg, mit welcher Penetranz er vorgeht. Selbst dem Allerheiligsten sollte klar sein, dass man ein Kennenlernen sachte beginnt und nicht sofort mit der Tür ins Haus fällt. Gut, er mag mich lange kennen, immerhin ist davon auszugehen, dass er all seine Schäfchen kennt. Aber ich habe heute das erste Mal das Vergnügen, seine Bekanntschaft zu machen.

„Hören Sie, Tom …"

„Tommy", korrigiert er mich.

„Also schön, Tommy … wir können gerne eine ungezwungene Unterhaltung führen und vielleicht wäre ich sogar bereit, meine morgige Mittagspause erneut mit Ihnen zu verbringen – immerhin erspare ich mir so den Gang in die Kirche –, aber das war's dann erst mal. Schließlich bin ich eine Frau mit Prinzipien."

Toms Lächeln wird immer breiter. Offenbar kann ich ihn mit meiner pampigen Art nicht schocken. Das ist gut, denn wer mit mir zusammenleben will, muss eine Menge aushalten. Ich bin intolerant, selbstsüchtig und alles andere als kompromissbereit. Vor allem aber bin ich wenig verständnisvoll und nie gut gelaunt. Morgens bin ich eine Kröte und zum Nachmittag hin mutiere ich zu einer spaßbefreiten Zicke. Aber Gott wird schon klar sein, worauf er sich einlässt. Immerhin ist er allwissend. Außerdem bekommt er als Entschädigung eine überaus intelligente, blond gelockte Schönheit fürs Leben. Wenn das kein Bonus ist!

„Frau Kramer", haut Tom plötzlich meinen Nachnamen raus, „verraten Sie mir dann wenigstens Ihren Vornamen?"

Grinsend führt er sich die Tasse zum Mund, während ich bis jetzt weder meinen Kuchen noch die Schokolade angerührt habe.

„Woher kennen Sie meinen Familiennamen?", lasse ich meine Verblüffung zu. „Ach nein, warten Sie", kommt mir ein Geistesblitz, „Sie sind ja ein allwissendes Wesen. Also sollte meine Frage eher lauten: Warum ist Ihnen mein Vorname unbekannt?"

Toms Lachen schallt durch den gesamten Laden. Er kann gerade noch seinen Kaffee zurück auf den Tisch stellen, bevor er sich die schwarze Brühe über die Hose schüttet.

Ich nutze seinen Lachanfall, um ein paar Happen von meinem Käsekuchen zu verschlingen und einen kräftigen Schluck meines inzwischen lauwarmen Getränks aus der abgekühlten Porzellantasse zu nehmen.

„Sie sind ja eine richtige Ulknudel! Seit dem Tod meiner Familie habe ich nicht mehr so viel Spaß gehabt. Bitte mehr davon, Frau Kramer! Ich könnte hier ewig mit Ihnen sitzen und mir Ihre Gags anhören."

Seine Familie? Wie meint er das denn jetzt? Oder ist sein am Kreuz verstorbener Sohn damit gemeint? Aber natürlich! Wer denn sonst?

„Das tut mir leid zu hören", versuche ich, etwas Mitgefühl zu zeigen, was mir normalerweise nie gelingt. Schließlich bin ich so spröde wie verfilztes Haar. „Aber ist das nicht Jahrtausende her? Irgendwann muss man doch mal abschließen können mit einem Verlust."

Hoffentlich war ich jetzt in meiner Wortwahl nicht zu unsensibel. Im Trösten bin ich nicht so gut. Eigentlich bin ich in jeglichen zwischenmenschlichen Bereichen absolut inkompetent.

„Sie haben Recht", bestätigt er meine Aussage. „Es ist in der Tat Jahrtausende her. Darum wird es Zeit, den Mantel der Trauer abzulegen. Sie könnten Therapeutin sein, Sie finden immer die richtigen Worte. Wie machen Sie das nur?"

Ich schlürfe meinen Kakao und überlege, wie es sein kann, dass er mich so fehleinschätzt. Wurde ich womöglich nach meiner Geburt von ihm übersehen? Es wäre nicht das erste Mal, dass mir so etwas passiert. Alle Menschen in meinem Umfeld haben mich mit voller Absicht übersehen, weil ich ihnen unangenehm war. Lieber haben sie gar nicht mit mir geredet, als stundenlange Diskussionen mit mir führen zu müssen. Sobald ich mich an einem Thema festbeiße, höre ich nicht mehr auf. Das ging allen auf die Nerven. Ehrlich gesagt, gehe ich mir manchmal selbst auf den Keks. Aber was soll ich machen? Ich kann mich schlecht von mir trennen.

„Wie mache ich was?", bin ich verwirrt. „Die richtigen Worte finden, die ich tatsächlich nie finde, weil ich eine verbohrte, kaltherzige Eiskönigin bin? Hören Sie, Gott, ich meine Tom …"

„Tommy", verbessert er mich abermals.

„Natürlich, Tommy … Sie verkennen mich – was mich in der Tat sehr überrascht –, denn Sie sollten es wirklich besser wissen. Ich bin weder nett noch charmant und meine Worte verletzen jeden. Und bitte denken Sie nicht, ich wäre witzig. Ich kann ja nicht mal Freude empfinden. Vielleicht lachen Menschen hinter meinem Rücken über mich, aber bestimmt nicht mit mir gemeinsam."

Toms Lächeln verschwindet und er sieht mich mitleidig an. Dabei hatte ich nicht vor, Mitleid bei ihm zu erregen. Ich wollte nur etwas klarstellen und sein fehlerhaftes Meinungsbild über mich zurechtrücken.

„Sie müssen sich irren, Frau Kramer", hat er den Ernst der Lage immer noch nicht erkannt. Also gut, dann halt nicht. Ich habe alles versucht, um ihn zu warnen, ihm deutlich zu machen, dass ich ihn niemals glücklich machen könnte und er sich mit meiner schönen Erscheinung zufrieden geben müsste. Liebe oder gar Warmherzigkeit wäre ich nicht in der Lage zu geben. Damit habe ich keine Erfahrung. „Ich finde schlichtweg alles an Ihnen charmant", fährt er unüberlegt fort. „Sie sollten nicht so streng mit sich sein. Wie kommen Sie bloß auf diesen ganzen Unsinn? Niemand ist so, wie Sie sich selbst beschreiben, und Sie auch nicht!"

„Sie kennen mich eben nicht", erinnere ich ihn daran, mir heute zum ersten Mal begegnet zu sein. Schließlich scheine ich nicht nur das schwarze Schaf der Familie zu sein, sondern nun auch noch das verlorene Schaf des Himmels.

„Ich lerne Sie aber gerade kennen", behauptet er, als würde er bereits Entscheidendes über mich erfahren haben. „Und so, wie ich Sie bisher erlebt habe, finde ich Sie ausgesprochen reizend."

Ich zeige mit dem Finger auf mich und mache ein verblüfftes Gesicht.

„Iiiich!", quietsche ich wie eine ungeölte Tür.

„Lieber Tom … ich meine Tommy, bitte hören Sie auf, solche Unwahrheiten von sich zu geben. Das bringt mich ganz aus dem Gleichgewicht. Hassen Sie mich oder ärgern Sie sich über mich. So wäre es mir lieber. Doch Nettigkeiten machen mir Angst, die bin ich nicht gewohnt und kennt auch niemand von mir. Sie sind wahrhaftig auf dem Holzweg."

„Sind Sie wunschlos glücklich, Frau Kramer?", unterbricht uns Pia mit ihrer liebevoll klingenden Stimme. „Oder darf ich Ihnen noch etwas bringen?"

„Oh, ich brauche nichts mehr, danke", trillere ich zurück. „Aber der Kuchen war wieder vorzüglich."

Ich grinse sie an wie ein Honigkuchenpferd. Hilfe, in welchen Nektartopf bin ich denn gefallen? Seit wann bin ich derart übertrieben freundlich? Dieser Tom verwirrt mich so sehr, dass ich bald selbst glaube, unwiderstehlich beliebt zu sein.

„Das freut mich", gibt Pia überglücklich zurück. „Ich habe ihn nämlich selbst gebacken."

„Das können Sie?", bin ich ehrlich beeindruckt. Immerhin kann ich nicht mal ein Ei aufschlagen, somit bleibt mir die Kunst des Kuchenbackens wohl lebenslang unerschlossen. „Mein Kompliment", lobe ich sie.

Pia errötet und räumt meinen Teller ab.

„Danke", sagt sie fast beschämt. Kein Wunder, übertriebene Anerkennung aus meinem Mund ist etwas völlig Neues für sie. Für mich auch! Beschwingt gleitet sie mit dem Geschirr in die Küche und ich habe soeben einen

Menschen glücklich gemacht. Damit muss ich erst mal klarkommen. Das ist noch nie passiert! Bin ich etwa neuerdings bei den Pfadfindern? Welche Pille hab ich denn verschluckt?

Tom grinst bis zu den Ohrläppchen und verschränkt seine Arme.

„Ich dachte, Nettigkeiten sind Sie nicht gewohnt", wiederholt er meine Aussage von eben. „Und trotzdem ist Ihnen gerade ein Kompliment herausgerutscht. Mir scheint, nicht meine Wahrnehmung über Sie ist fehlerhaft, sondern Ihre eigene."

„Also bitte", beginne ich einen Erklärungsversuch, „Sie haben doch selbst gesehen, wie irritiert Pia von meinen Worten war. So überzogen nett hat sie mich bisher nicht erlebt. Ich weiß ja selbst nicht, auf welchem Trip ich derzeit bin. Das ist unheimlich!"

Tom wirkt anhaltend amüsiert, verkneift sich aber diesmal den bevorstehenden Lachanfall.

„Gestehen Sie sich einfach ein, dass Sie ein liebenswerter Mensch sind und schon klappt es mit den Mitmenschen viel besser. Glauben Sie mir, ich bin da ein Experte."

„Na klar, Sie sind ja der Allmächtige und in allem ein Experte", erinnere ich ihn an seine Stellung im Universum.

Wieder kichert er drauflos, doch diesmal schüttelt er dabei den Kopf.

„An Ihren Humor könnte ich mich gewöhnen, er ist so erfrischend. Leider muss ich mich jetzt verabschieden, meine Schicht beginnt gleich", sagt er und trinkt den letzten Schluck Kaffee aus seiner Tasse.

„Ihre Schicht?", frage ich entgeistert. „Sie teilen sich die Arbeit?"

„Ja, so ist das üblich in meiner Branche", antwortet er lachend und zieht eine Geldbörse aus der Innentasche seiner Jacke hervor. Er klemmt einen Zehn-Euro-Schein unter die Tasse und erhebt sich. „Vielleicht verraten Sie mir bei unserer nächsten Begegnung ja Ihren Vornamen."

„Wird es denn eine weitere Begegnung geben?", frage ich beinahe ängstlich, ihn nie wiederzusehen.

„Wenn Sie wollen, in drei Tagen", schlägt er ungehemmt vor."

„Äh …", bringe ich lediglich heraus, denn plötzlich ist mein Gehirn verschwunden und durch Vakuum ersetzt worden. Ich sehe in sein wunderschönes Gesicht, das auf mich herabsieht. Strahlend blaue Augen mustern mich und warten auf meine Antwort. Mir ist nicht klar, warum ich verstummt bin. Eigentlich passiert mir so etwas nie. Ich möchte ihn ja wiedersehen, aber ich habe Muffensausen. Was, wenn ich seinen Erwartungen nicht gerecht werde, er in mir etwas sieht, was ich nicht bin? Mein Leben lang laufe ich mit einem Schutzschild herum und lasse keinen an mich heran. Ich bin eine unausstehliche Kratzbürste und wäre als Gefährtin eines gutherzigen, sanften Wesens nicht geeignet. Das muss ich ihm sofort erklären, sonst liefe er in sein Verderben.

„Tom, ich wäre nicht gut für Sie, das bin ich für niemanden. Ich enttäusche die Menschen regelmäßig, so bin ich programmiert."

„Ich glaube eher, Sie enttäuschen sich immerzu selbst", trifft er den Nagel auf den Kopf. Er durchleuchtet mich wie ein Röntgengerät. Seinen Job macht er wirklich gut. „Also", schließt er unser Gespräch ab, „wir sehen uns in drei Tagen um dieselbe Uhrzeit. Ich freue mich auf Sie."

Er zwinkert mir zu und verlässt das Lokal, ohne sich noch einmal umzudrehen. Mit offenem Mund starre ich zur Tür, die er soeben durchschritten hat. Ein Nein scheint kein Hindernis für ihn zu sein. Natürlich nicht – nicht für ihn. Er zaubert aus einem Nein ein Ja und aus einer hassenswerten, unhöflichen Diva eine verletzliche Frau, die heute ihre sanfte Seite entdeckt hat.

Ich beginne zu zittern. Er hat meinen Panzer durchbrochen als wäre er aus Butter. Dabei war er all die Jahre hart wie Stahl. Ich fühle mich schutzlos ausgeliefert – dieser grausamen Welt da draußen. Kann ich mich jetzt noch wehren – gegen die vielen Angriffe? Ich habe Angst!

2

Nur mühsam werde ich wach. Ausgerechnet heute, wo ich Tom endlich wiedersehen werde, scheint mir mein Körper den Dienst zu versagen. Weshalb bin ich bloß so schwach?

Ich öffne die Augen, doch ich sehe alles verschwommen. Von weit her vernehme ich Stimmen. Bin ich etwa nicht alleine in meiner Wohnung? Ich erkenne die Umrisse einer Person neben meinem Bett. Was geht hier vor? Langsam wird das Bild klarer und nun sehe ich einen Mann, der an irgendwelchen Gerätschaften über mir herumfummelt. Ich träume wohl – es ist Tom! Ich schließe die Augen, um sie gleich darauf wieder zu öffnen.

„Tom!", sage ich geschwächt, dabei hatte ich eigentlich vor, meine Verblüffung herauszurufen. Aber aus irgendeinem Grund funktioniere ich nicht richtig, sind meine Körperfunktionen eingeschränkt.

„Sie ist aufgewacht!", höre ich die Stimme meiner Mutter im Hintergrund. Ich will meinen Kopf anheben, um nachzusehen, aber ich bin zu geschwächt.

Tom misst meinen Puls und leuchtet mir danach mit einer Taschenlampe in die Augen.

„Was tun Sie hier, Tom?", frage ich im Mäuschenton.

„Kennen wir uns?", stellt er eine Gegenfrage.

Ist das jetzt sein Ernst?

Das Gesicht meiner Mutter drängt sich in mein Blickfeld.

„Gott sei Dank, Kind, wir haben uns solche Sorgen um dich gemacht!"

Okay, jetzt weiß ich, dass ich träume. Meine Eltern würden sich niemals um mich sorgen. Außerdem habe ich seit Jahren keinen Kontakt mehr zu ihnen.

„Wann wache ich endlich auf?", murmle ich und beobachte, wie Tom zu lächeln beginnt.

„Aber Sie sind wach, Frau Kramer. Darauf haben wir eine Woche lang gewartet."

„Was reden Sie da, Tom?", begreife ich nicht. „Wir haben doch erst vor drei Tagen zusammen im Café Wolke gesessen und uns unterhalten."

„Tut mir leid, Frau Kramer, davon weiß ich nichts. Sie befinden sich seit Mitte letzter Woche im Krankenhaus, da Sie einen Autounfall hatten. Erinnern Sie sich an irgendetwas?"

„Nein", bin ich komplett verwirrt.

„Sie lagen eine Woche lang im Koma", fährt er fort, mir die Lage zu erklären.

„Aber das ist nicht möglich", widerspreche ich. „Vor drei Tagen haben wir noch zusammen Kaffee getrunken."

Tom lacht. Wie sehr habe ich dieses warmherzige Lachen vermisst, den Klang seiner Stimme, die kleinen Fältchen um seine stahlblauen Augen, die sich bei jedem Lächeln zu formen beginnen.

„Glauben Sie mir, Frau Kramer, ein Kaffeetrinken mit einer so hübschen Frau wie Ihnen hätte ich gewiss nicht vergessen", sagt er zu meiner immer größer werdenden Enttäuschung. Wieso weiß er von nichts mehr? Ich erinnere mich an jedes Detail, beinahe an jedes Wort, das wir miteinander gesprochen haben. „Sie haben sicherlich geträumt und verwechseln mich mit jemandem.

„Nein, das tue ich nicht!", rege ich mich für meinen Zustand viel zu sehr auf. „Sie und ich saßen vor drei Tagen im Café Wolke um 12.30 Uhr zusammen an meinem Stammtisch und haben uns unterhalten. Das habe ich mir nicht eingebildet! Ich sehe alles noch genau vor mir: Ihr schönes Gesicht, die gepflegten Hände, Ihre Kleidung und die schwarze Jacke aus der Sie ein braunes Wildlederportemonnaie gezogen haben. Sie haben einen Kaffee ohne Milch getrunken und Pia zehn Euro unter die Tasse gelegt. Zehn Euro, Tom, das war mehr als großzügig."

Toms amüsierter Blick weicht einem nachdenklichen. Leidet er vielleicht an Amnesie? Er kann mich doch nicht in so kurzer Zeit vergessen haben.

„Kind, komm erst mal richtig zu dir", geht meine Mutter dazwischen und zieht sich von der anderen Seite des Bettes einen Stuhl heran, um sich neben mich zu setzen. Auch mein Vater kommt plötzlich dazu und stellt sich hinter meine Mutter. „Du bringst Dr. Lehmann ganz durcheinander", fährt sie fort. „Was soll er denn zu deinen wirren Worten sagen? Eva, verstehst du nicht, du bist eben erst aus dem Koma erwacht. Du kannst dich nicht mit ihm getroffen haben. Das ist vollkommen ausgeschlossen."

Ich blicke meine Mutter verständnislos an. Woher will sie das so genau wissen? Immerhin sehe ich sie nach Jahren heute das erste Mal wieder.

Ich lasse meinen Kopf zur anderen Seite kippen und bin froh, dass Tom noch im Raum ist – in einem kahlen, sterilen Zimmer, das so gar nichts mit meinem Zuhause gemein hat.

In der Tat, ich befinde mich in einem Krankenhaus. Bin ich jetzt aus einem wunderschö-
nen Traum erwacht und das hier ist die Realität? Oder träume ich womöglich alles nur und
Tom wartet in meinem Stammcafé auf mich?

„Bitte Tom, gehen Sie nicht gleich, wenn
ich nachher nicht pünktlich bin. Ich werde da
sein, versprochen", kann ich noch sagen, bevor mir die Augen zufallen und ich mein Be-
wusstsein verliere.

3

Als ich erwache, ist es dunkel draußen. Wie viel Zeit vergangen ist, kann ich nicht sagen, aber eines ist sicher: Nach wie vor liege ich in einem kalten Einzelzimmer einer modernen Klinik. Meine Eltern sitzen auf zwei Metallstühlen und sehen erschöpft aus. Harren sie etwa schon die ganze Zeit an meinem Krankenbett aus? Langsam wird mir bewusst, dass dies hier die Realität ist. Meine Erinnerungen kehren zurück und mir fällt der Unfall wieder ein. Ich war in meinem Auto unterwegs, befand mich auf dem Weg nach Hause nach einem langen, strapaziösen Arbeitstag. Ein Lkw rammte meinen kleinen Corsa, als ich bei Grün auf die Kreuzung fuhr. Ich weiß noch, wie sich mein Wagen einige Male überschlug, bevor alles schwarz um mich herum wurde.

Dann war mein Zusammentreffen mit Tom also nicht echt. Es hat niemals stattgefunden, war offensichtlich reine Fantasie. Aber woher kannte ich denn seinen Namen, erinnerte ich mich präzise an sein Aussehen?

Hatte ich vielleicht im Koma Gespräche zwischen den Ärzten mitbekommen und mir daraus meinen Reim gemacht?

„Eva, Liebes, schön, dass du wieder aufgewacht bist", ist meine Mutter erleichtert. „Jetzt wird alles gut. Wir sind so froh."

Ich erwidere nichts, lächle meine Eltern bloß an. Es ist gut, dass sie hier sind, aber ungewohnt. Bisher dachte ich immer, ich wäre ihnen egal, und nun steht ihnen die Angst um mich ins Gesicht geschrieben.

Tom betritt mein Zimmer, oder soll ich Dr. Lehmann sagen?

„Wie schön, Sie sind erneut aus Ihrem Dornröschenschlaf erwacht", witzelt er. Ja, so kenne ich ihn – oder dachte zumindest, ihn zu kennen.

„Na ja", fällt mir das Reden inzwischen leichter, „ich wollte unser zweites Date nicht verpassen, aber es wäre ja gar nicht das zweite gewesen, nicht wahr? Auch ist der Tag nun vorbei und ich habe es verschlafen."

Mir ist längst klar, dass Tom nicht nachvollziehen kann, was ich hier plappere, aber es fühlt sich weiterhin so an, als hätten wir zusammen Kaffee getrunken, eine traumhaft schöne Mittagspause miteinander verbracht. Was soll ich also machen? Ich bekomme die

Bilder von diesem Tag, der niemals stattgefunden hat, nicht aus dem Kopf.

Tom grinst vor sich hin, während er die Infusion neu einstellt.

„Ich muss mich für meine Tochter entschuldigen, Dr. Lehmann", ergreift meine Mutter das Wort. „Sie scheint etwas zu halluzinieren. In der Regel flirtet sie keine fremden Männer an."

„Aber nicht doch, Frau Kramer", erwidert er meiner Mutter, „ich finde das sehr charmant."

„Dr. Lehmann", sage ich und nehme mir vor, ab jetzt mehr Distanz zu wahren. Immerhin ist er mein Arzt und ich bin ihm nicht so vertraut wie er mir. „Ich …"

„Ach, bitte", unterbricht er mich, „sagen Sie ruhig wieder Tom zu mir, das hat mir gefallen."

Er schmunzelt ungeniert und zieht mir vorsichtig ein Pflaster von der Stirn, um es gegen ein neues auszutauschen.

„Äh …", kann ich noch sagen, bevor meine Stimmbänder versteifen.

Meine Eltern sehen sich fragend an, halten sich aber zurück mit weiteren Bemerkungen.

„So, Ihre Wunde sieht gut aus, Frau Kramer", stellt er fest, bevor er sie erneut verklebt.

„Eva heiße ich", habe ich meine Stimme wiedergefunden.

Tom lächelt mich an.

„Dann also Eva", wiederholt er mein Angebot, mich beim Vornamen anzureden. „Ich nehme an, dass wir beide uns im Café längst das Du angeboten hatten", sagt er, während sein Grinsen weiter anwächst.

„Um ehrlich zu sein, nein", gebe ich zu. „So weit waren wir noch nicht. Allerdings waren Sie ganz erpicht darauf, meinen Vornamen zu erfahren, den ich jedoch nicht preisgeben wollte."

„Na, dann bin ich ja froh, dass Sie ihn mir jetzt verraten haben. Sonst hätte ich ihn vor unserem nächsten Treffen aus Ihrer Krankenakte entnehmen müssen", sagt er amüsiert.

Ich laufe rot an. War das ein Angebot für ein Date oder hat er sich nur lustig über mich gemacht?

Eine Krankenschwester betritt den Raum und stört unser mögliches Techtelmechtel oder was auch immer das eben war.

„Dr. Lehmann", spricht sie ihn an, „haben Sie einen Augenblick Zeit?"

Nein, hat er nicht, du dämliche Störenfriedin! Er hat Wichtigeres zu tun. Unser Flirt beginnt gerade richtig spannend zu werden. Und nun geht er wieder – einfach so – wie vor drei Tagen im Café, als er sich nicht mal mehr nach mir umgedreht hat.

„Tut mir leid, Frau Kramer ... ich meine Eva", er zwinkert mir zu, genauso wie im Café Wolke – auf die gleiche spitzbübische Weise, „die Pflicht ruft. Ich werde morgen wieder nach Ihnen sehen. In Ordnung?"

Ich nicke. Was hätte ich auch sagen sollen? Nein, Sie bleiben hier, solange, bis Sie mir erklärt haben, warum Sie so ein verflucht attraktiver Typ sind und sich an unser Date nicht erinnern?

Er geht zur Tür, dreht sich aber noch einmal nach mir um und schenkt mir sein schönstes Lächeln, bevor er vom Krankenhausflur verschluckt wird. Dieses Verhalten wich eindeutig von seinem vorherigen ab. War der Mann in meinem Traum also doch ein anderer? Ein Hirngespinst oder eine Botschaft von oben?

„Mum?", spreche ich meine Mutter mit zittriger Stimme an.

„Ja, Schatz, wir sind bei dir", antwortet sie und ergreift meine Hand.

„Warum sind meine Geschwister nicht hier? Ich meine, bin ich ihnen tatsächlich so egal?"

„Aber Eva, Mäuschen, du hast keine Ge-schwister. Du bist unser einziges Kind. Weißt du das denn nicht mehr?"

4

Am nächsten Morgen schneit Tom prächtig gelaunt herein und begrüßt mich überschwänglich.

„Haben Sie gut geschlafen, Eva?", fragt er mich mit einem Zahnpastalächeln. Noch kann ich mich nicht ganz auf ihn einstellen. Ich hatte eine lausige Nacht und habe ununterbrochen darüber nachgedacht, warum ich plötzlich keine Geschwister mehr habe. Bis gestern dachte ich noch, mit drei nervigen Schwestern aufgewachsen zu sein. Stattdessen bin ich ein Einzelkind, wie kann das sein?

Ich erwidere Toms Lächeln, obwohl mir zum Weinen zumute ist. Es ist, als hätte ich meine Familie verloren – jedenfalls einen Teil.

„Na", beäugt er mich kritisch, weil ich bloß stumm in meinem Bett sitze und nichts erwidere.

„Muss ich mir Sorgen um Sie machen? Sie sehen so betrübt aus."

„Sagen Sie Tommy", beginne ich meine Frage. Doch ich komme nicht weiter, denn Toms verblüffter Blick hindert mich am Weiterreden.

„So hat mich schon lange niemand mehr genannt", bemerkt er, was mich wiederum ins Staunen versetzt. „Meine Familie … nun ja …"

„Es tut mir leid, Tom", gebe ich ihm keine Möglichkeit, seinen abgehackten Satz zu beenden. So bekümmert sehe ich ihn das erste Mal. Das halte ich kaum aus. „Ich weiß, unser Treffen im Café Wolke hat nie stattgefunden, aber für mich war es real. Dort haben Sie mir immerzu angeboten, Sie mit Ihrem Spitznamen anzureden. Sie haben sogar darauf bestanden und gemeint, Ihre Freunde würden Sie so nennen. Es ist mir einfach rausgerutscht, sorry."

„Bitte sagen Sie Tommy zu mir", bietet er an. „Aus Ihrem Mund klingt es sehr vertraut."

Er setzt sich auf den Rand meines Bettes, was für das Krankenhauspersonal in der Regel tabu ist, und sieht mich grübelnd an. „Was ist das mit Ihnen, Eva?", will er unerwartet von mir erfahren.

Woher soll ich das wissen? Ich verstehe diese ganze Sache ebenso wenig.

„Was meinen Sie?", lasse ich erkennen, dass mir ebenfalls der Durchblick fehlt.

Tom sieht erst zur Wand hinter mich, um mir danach wieder in die Augen zu blicken. Nachdenkend reibt er sich das Kinn.

„Sie wissen schon", behauptet er. „Woher haben Sie all Ihre Informationen über mich? Wie gelingt es Ihnen, meinen Schutzpanzer zu durchbrechen? Seit Jahren wehre ich jegliche Kontaktversuche anderer Menschen ab, lasse niemanden an mich heran. Und Sie sind kaum aus dem Koma erwacht und erweichen mein Herz. Ich verstehe das nicht."

„Ich auch nicht", kann ich gerade noch antworten, bevor mir die Spucke wegbleibt. Seit wann ist *er* der Alleingänger? Das bin doch ich!

„Wissen Sie, Eva, ich gehe durchaus regelmäßig ins Café Wolke, um eine Schokolade zu trinken. Manchmal gönne ich mir ein Stück Kuchen an meinem Stammtisch – in meiner Mittagspause. Nur mit dem Kaffee liegen Sie falsch", gibt er zu bedenken und schmunzelt wie ein Mainzelmännchen. „Den mag ich nämlich nicht."

„Aber ich", plumpsen mir die Worte aus dem Mund. „Ich trinke ihn schwarz – ohne Milch. Das muss ich wohl in meinem Traum verwechselt haben – falls es ein Traum war."

„Glauben Sie immer noch, wir hätten uns bereits getroffen?", horcht Tom auf. „Dann müsste ich Ihren lädierten Kopf nochmals durchleuchten lassen. Womöglich haben wir etwas übersehen."

„Nein, bleiben Sie auf dem Teppich, Tommy", befürchte ich schon, für unzurechnungsfähig erklärt zu werden. „Mir fehlen in der Tat einige Puzzleteile. Bis eben dachte ich tatsächlich, heiße Schokolade und Käsekuchen zu lieben, dabei bin ich eine leidenschaftliche Kaffeetrinkerin. Jetzt muss ich erfahren, dass *Sie* das Schleckermäulchen sind. Das ist schon alles seltsam."

Tom nimmt meine Hand und lacht. „Sie sind wirklich lustig", sagt er überraschenderweise. „Bis gestern dachte ich, keine Freude mehr empfinden zu können. Aber Sie verstehen es, mich von einer Sekunde auf die nächste aufzuheitern. Ich habe lange nicht mehr so viel Spaß gehabt."

„Das sagten Sie im Café Wolke ebenfalls zu mir", bin ich erschrocken über weitere Parallelen. „Ich meine, im Traum", korrigiere ich mich, um nicht für geistig umnachtet gehalten zu werden. „Sie erzählten mir, dass Sie nach wie vor den Tod Ihrer Familie betrauern würden. Woraufhin ich etwas pragmatisch von Ihnen verlangte, die Trauer zu beenden. Das hat mir sehr leid getan, denn normalerweise bin ich nicht so unsensibel."

Nicht? Gerade noch war ich der Meinung, genau das zu sein: unsensibel und kaltherzig! Was bin ich denn nun?

„Sie wissen vom Tod meiner Familie?", kann er nicht glauben, was er gehört hat. Verärgert zieht er seine Hand zurück, die meine warm und sicher umhüllt hielt. „Wer sind Sie, verflucht noch mal? Darüber habe ich jahrelang mit niemandem gesprochen. Sie können unmöglich davon erfahren haben."

Aufgebracht erhebt er sich vom Bett. Doch entgegen meiner Erwartung, fluchtartig das Zimmer zu verlassen, geht er auf und ab und fährt sich wiederholt mit den Fingern durchs kurze schwarze Haar. „Sie sind mir eine Erklärung schuldig, Frau Kramer. Sind Sie etwa eine Stalkerin und haben hinter meinem Rücken Erkundigungen über mich eingezogen?"

Wortlos versteife ich mich in meinem Bett und starre ihn mit weit geöffnetem Mund an. Dieser Wutausbruch kommt unerwartet für mich, ebenso die Tatsache, Kenntnis von etwas zu haben, was schlicht nicht möglich sein kann. „Ich warte", besteht er auf eine Auflösung des Rätsels, die ich ihm nicht bieten kann. Nervös tippt er mit dem Fuß auf und ab. Hoffentlich springt er nicht gleich auf mich, um mich zu zerfleischen.

„Tom, ich habe auch keine Erklärung dafür", hoffe ich, ihn mit meinen Worten milder zu stimmen.

„Für Sie immer noch Dr. Lehmann!", führt er den soeben begonnenen Krieg gegen mich fort. Ich bin baff. Seiner schroffen Art habe ich nichts entgegenzusetzen, obwohl ich in der Regel nicht auf den Mund gefallen bin. Für gewöhnlich attackiere ich meine Mitmenschen mit Bösartigkeiten sowie verbalen Angriffen und drehe dabei den Akustikregler unverhältnismäßig weit auf. – Aber nein! Das ist nicht wahr! Wie komme ich darauf? Ich bin ein friedfertiger Mensch! Ja, das nehme ich wenigstens an – ganz plötzlich. Nanu!

„Glauben Sie nicht, dass Ihr Schweigen Sie retten wird, meine Liebe, ich kann sehr ausdauernd diskutieren, wenn mir etwas spanisch vorkommt."

Ich muss schlucken. Ist das nicht meine charakterliche Schwäche – diskutieren, bis die Lunte brennt? – Nein, ist sie nicht – nie gewesen! Trotzdem nahm ich das an.

Schweißtropfen bilden sich auf meiner Stirn. Weshalb bin ich mir so unbekannt, Tom hingegen ungewöhnlich vertraut.

„Ich … ich", stottere ich und kann meine Tränen nicht mehr aufhalten. Mein Herz schlägt schneller und meine Aufregung, etwas Falsches zu sagen, wächst an.

Die Tür wird von außen aufgestoßen und eine Schwester stürmt herein.

„Oh, Dr. Lehmann, Sie sind schon hier", sagt sie eingeschüchtert von seiner sichtbar üblen Laune. Offenbar sieht sie ihn in dieser Verfassung nicht das erste Mal. Das lese ich in ihrer Aura. Tatsächlich bin *ich* die Auraleserin und nicht Tom. Wenn er jetzt auch noch der unsympathische Schönling ist und nicht ich, fress ich 'nen Besen!

„Die Herztonmaschine der Patientin hat ausgeschlagen", bemüht sich die Schwester um Deeskalation der Lage. Ihr muss auch aufgefallen sein, dass Toms Gesichtsmuskeln immer heftiger zucken. „Ich dachte, ich sehe mal nach", fügt sie an und wartet auf seinen Gemütsausbruch. Doch er bleibt ruhig – noch! Als seine Kollegin allerdings stur im Raum stehen bleibt und sich wohl fragt, ob es nun etwas für sie zu tun gibt oder nicht, fährt er sie unwirsch an.

„Sie sehen doch, dass ich ein Gespräch mit der Patientin führe! Bequemen Sie sich also bitte aus dem Zimmer!"

„Natürlich, entschuldigen Sie", gibt sie kleinlaut zurück und sprintet eine Spur zu schnell aus dem Raum.

Sie tut mir leid. So springt man nicht mit Menschen um.

„Wo waren wir also stehen geblieben?", widmet mir Tom wieder seine Aufmerksamkeit. „Ach ja, Sie wollten mir gerade erklären, was diese ganze Geschichte soll."

Ich zittere vor Wut und wenn ich nicht so schwach wäre, würde ich Tom anspringen und auf ihn eintrommeln. Wie konnte ich in meinem Traum bloß annehmen, es mit Gott persönlich zu tun gehabt zu haben? Dieser Tom hier ist jedenfalls ein Mensch durch und durch – fehlerbehaftet und unvollkommen. Ich mag ihn nicht – nicht mehr!

„Ich bin keine Stalkerin, Dr. Lehmann", beginne ich endlich, mich zu wehren. „Ich bin Ihre Patientin. Wenn Sie wirklich annehmen, ich könnte willentlich und absichtlich einen Unfall herbeigeführt haben in der Hoffnung, zufällig in dieser Klinik aufgenommen zu werden, sollten Sie Ihr eigenes Hirnfleisch mal genauer durchleuchten lassen."

Toms Mimik lässt erkennen, dass ihn meine Worte erreicht haben. Er sieht anscheinend eine Logik darin, die ihm bis eben verborgen blieb. „Ich weiß, dass es schwer zu verstehen ist", bin ich noch nicht fertig, „aber es geschehen manchmal unerklärliche Dinge. Ich lag im Koma! Habe ich vielleicht durch

Ihre Augen gesehen und dabei einen Einblick in Ihr Leben gewonnen? Ich habe meine Kenntnisse über Sie, die ich auf diese Weise gewinnen konnte, womöglich im Traum verarbeitet. Sie sind Schulmediziner und glauben sicher nicht an übernatürlichen Kram. Ich hingegen bin geneigt, mich dem Unerklärlichen nicht zu verschließen, wenn es keine rationalen Erklärungen gibt. Sollten Sie mir also allen Ernstes weiterhin unterstellen, ich würde Sie stalken, kann ich Sie davon nicht abbringen. Aber dann wäre es das Beste, mir einen anderen Arzt zuzuteilen."

Tom löst seinen Blick von mir, den er ununterbrochen aufrechterhalten hatte. Er sieht ruhelos durch den Raum von einem Punkt zum nächsten, um kurz darauf wieder den Augenkontakt zu mir zu suchen.

„Das wird nicht nötig sein", gibt er sich versöhnlicher. „Ich habe Ihnen Unrecht getan, das tut mir leid."

Er reibt sich mit den Händen durchs Gesicht und stemmt danach die Arme in die Hüften.

„Sie glauben mir?", frage ich unsicher.

„Ja, ich denke schon", ist seine unverhoffte Antwort. „Keine Ahnung, wieso, aber Sie klangen sehr überzeugend."

Er lächelt und wirkt erleichtert. Ich bin es auch. Für eine unzurechnungsfähige Irre, die Männern nachstellt, will ich nicht gehalten werden.

„Haben Sie auch erfahren, was ich für ein unausstehlicher Zeitgenosse bin?", hat er unser Gespräch noch nicht für beendet erklärt. Er zieht sich einen Stuhl heran und platziert ihn neben meinem Bett. Doch statt sich zu setzen, bleibt er davor stehen und wartet auf mein Einverständnis. Ich mache eine auffordernde Geste zum Stuhl, der er prompt nachkommt. „Bestimmt wird Ihnen soeben aufgefallen sein, wie ich mit meinen Mitarbeitern umspringe", stellt er richtig fest, während er Platz nimmt. „Und bei Ihnen bin ich ebenfalls nicht besonders einfühlsam gewesen. Was denken Sie jetzt von mir? Dass ich ein ungehobeltes Scheusal bin?"

Ich lehne mich zurück und ziehe die Decke weiter heran, dabei suche ich nach den richtigen Worten.

„Wissen Sie, Dr. Lehmann ..."

„Bitte sagen Sie wieder Tommy zu mir, das klingt so schön aus Ihrem Mund", unterbricht er mich spontan.

„Ich weiß nicht, ob ich das noch kann", erwidere ich. „Sie haben mich verletzt."

„Das würde ich gerne ungeschehen machen", sagt er traurig. „Aber Sie sehen ja selbst: In zwischenmenschlichen Belangen bin ich völlig hilflos. Ich bin zu streng mit meinen Mitmenschen und mit mir selbst."

„Komisch", sage ich, „im Traum war *ich* diejenige, die Nachhilfe im Umgang mit den Mitmenschen brauchte."

„Dann verstehen Sie mich vielleicht ein bisschen?", fragt er voller Hoffnung.

„Ja, das tue ich", antworte ich zu meiner Verwunderung. „Ich denke, ich kann jetzt nachvollziehen, wie es ist, überall anzuecken."

„Das freut mich sehr, Eva, ehrlich. Sie müssen wissen, ich war das schwarze Schaf der Familie, hatte es nie leicht in meiner Kindheit. Also nahm ich mir vor, es allen zu beweisen, allen voran meinen drei Brüdern und den Eltern."

Warum kommen mir seine Schilderungen bekannt vor? Als erzählte er eine Passage aus meinem Leben, dabei verlief bei mir in Wahrheit alles ganz anders.

„Haben Ihre Brüder handwerkliche Berufe erlernt?", frage ich zaghaft nach, denn er könnte mich glatt erneut für eine Stalkerin halten.

„Allerdings", ist er erstaunt. „Ihr Traum war recht detailgenau."

„Nun ja", gebe ich zu, „darin war *ich* das schwarze Schaf und meine drei Schwestern die Handwerkerinnen."

Welchen Beruf sie genau ausübten, behalte ich für mich. Zu groß ist die Angst vor weiteren Übereinstimmungen.

„Bitte, Eva, erzählen Sie mir aus Ihrem Traum. Wer war ich da und welche Rolle nahm ich ein?"

Meine Glieder versteifen sich. Mit solch einer Frage habe ich nicht gerechnet. Mir ist unwohl bei dem Gedanken, ihm weitere Einzelheiten aus meinem Traum zu berichten. Oder sollte ich lieber „Erlebnis" sagen? Schließlich fühlte es sich so an, als wäre es tatsächlich passiert, hätte ich mit ihm oder wem auch immer gesprochen.

„Es ist besser, wenn ich das nicht mache", sträube ich mich, ihm diesen Wunsch zu erfüllen. „Sie könnten wiederholt falsche Schlüsse ziehen und mich beschuldigen, Sie bespitzelt zu haben. Ihre Reaktion vorhin war sehr unangenehm für mich."

Tom sieht auf den Boden und schüttelt den Kopf.

„Tja, das ist wohl mein Schicksal, die Menschen in meinem Umfeld zu verschrecken, vor allem solche, die mir lieb und teuer sind, oder gerade beginnen, wichtig zu werden."

Er schaut wieder auf und wirft mir einen betrübten Blick zu. Ich bin fassungslos von seinem Bekenntnis, das er zwar allgemeingültig formuliert hat, aber mir auch eindeutig zu verstehen gibt, dass er mich mag.

„Geben Sie mich noch nicht auf, Eva", redet er weiter, in der Hoffnung, mich zu überzeugen. „Es wäre schön zu glauben, wenn Ihr Traum Sie zu mir führen sollte, alles zu einem großen Plan gehörte."

Ich muss lächeln. Toms Worte berühren und verblüffen mich zugleich. So habe ich das noch gar nicht gesehen. Wir könnten füreinander bestimmt sein und unsere Begegnung gesteuert. Der Gedanke ist verrückt!

„Immerhin habe ich Ihnen mit meinen Worten ein Lächeln auf die Lippen zurückzaubern können", freut er sich und rückt mit seinem Stuhl etwas näher. „Verzeihen Sie mir bitte mein unbeherrschtes Auftreten. Es war übertrieben und unangebracht." Er faltet seine Hände auf dem Schoß und heftet seinen Blick auf mich. „Bekomme ich noch eine Chance von Ihnen?", fragt er und klimpert mit den Augen.

Jetzt muss ich lachen. Dieser Anblick war wirklich zum Schreien komisch.

„Wie kann ich da nein sagen?", hat er mich überzeugt.

„Das freut mich ehrlich", fühlt er sich erlöst. „Danke."

„Tom, ich …"

„Tommy", sagt er und nimmt meine Hand. „Bitte."

Ich nicke und genieße den sanften Druck seiner warmen Finger um meinen Handrücken.

„Tommy", wiederhole ich seinen Namen, „sind Sie sicher, dass Sie weitere Details aus meinem Traum hören möchten?"

„Ich brenne darauf, alles zu erfahren", antwortet er und zwinkert mir aufmunternd zu.

„Na gut, wenn Sie darauf bestehen: Ich gehe also in mein Stammcafé und setze mich auf meinen üblichen Platz."

„Der kleine Tisch im hinteren Teil des Lokals am Hoffenster?", fragt er neugierig.

„Ja, so ist es! Woher wissen Sie das?"

„Das ist auch mein Stammplatz", klärt er mich auf.

„Ach ja?", bin ich platt und kratze mich am Kopf. „Wissen Sie, Tommy, mir ist eingefallen, dass ich nie zuvor im Café Wolke gewesen bin, eigentlich überhaupt nicht wissen kann, wie es innen aussieht. Und doch habe ich ein exaktes Bild im Kopf."

„Interessant", fügt Tom ein. „Und woher kennen Sie dann Pia? Sie sagten, ich hätte für sie einen Zehn-Euro-Schein unter die Tasse gelegt. Das tue ich zuweilen übrigens tatsächlich, wenn ich bloß einen heißen Kakao getrunken habe und mit ihrer freundlichen Bedienung zufrieden bin."

„Das ist ja unglaublich!", überschlage ich mich fast im Ton. „Ich kenne Pia nicht. Ich habe sie in meinem Traum das erste Mal gesehen. Sie hat mir Käsekuchen serviert, der mir offenbar sehr geschmeckt hat, dabei mag ich lieber Sahnetorte."

„Nun ja", amüsiert sich Tom, „ich liebe Käsekuchen und lasse ihn mir bisweilen gerne von Pia backen. Sie ist eine großartige Bäckerin."

„Ja", sage ich und nicke, „das ist mir wohl ebenfalls bekannt. Wie seltsam!"

Tom streichelt meine Hand, was mir die Unsicherheit nimmt, er könnte mich von Neuem für eine Stalkerin halten.

„Ehrlich, Tommy, ich durchblicke das nicht. Was hat das zu bedeuten?"

„Offenbar haben Sie meinen Platz in Ihrem Traum eingenommen und ich Ihren", lüftet er mit seiner Theorie einen Teil des Geheimnisses.

„Ja, wäre möglich", grüble ich. „Ich war wirklich nicht ich, hatte lieblose Eltern, ein schlechtes Verhältnis zu meinen drei Schwestern, die ich gar nicht habe, und wurde in der Schule zur Außenseiterin. Obendrein war ich ein Klugscheißer, selbstverliebt und habe Männerherzen gebrochen. Aber in meinem Job hatte ich außergewöhnlichen Erfolg und wollte die Karriereleiter immer höher klettern. Nichts war mir gut genug. Auch nicht die Mitmenschen. Doch insgeheim habe ich mich nach Zärtlichkeit und Liebe gesehnt. Es war furchtbar."

„Puh", sagt Tom und lässt seinen Kopf nach unten gleiten, um sich daraufhin mit beiden Händen durchs kurze Haar zu wischen. „Das klingt peinlich genau nach meinem Leben", lässt er durchblicken.

„Waas?", bin ich erschüttert.

„Nur habe ich keine Männerherzen gebrochen", witzelt er, doch er lacht nicht. „Ich war Frauen gegenüber nicht besonders ehrenvoll. Das bereue ich heute. Alles bereue ich, auch das schlechte Verhältnis zu meiner Familie. Meine Brüder sowie meine Eltern sind bei einem Flugzeugabsturz umgekommen. Ich würde alles dafür geben, sie wiederzusehen, noch einmal mit ihnen reden zu können, um ihnen zu sagen, wie leid mir alles tut, dass ich sie geliebt habe."

Ich bin tief betroffen von seinen Worten. Was hat er alles durchgemacht?

„Sie leben weiter – in Ihrem Herzen. Und allein die Tatsache, dass Sie Ihre Liebe zu ihnen nach ihrem Tod wiederentdeckt haben, macht die Erinnerung an sie noch kostbarer."

„Sie sind sehr einfühlsam, Eva", sagt er und greift erneut nach meiner Hand. „Eine Gabe, die mir in den entscheidenden Momenten fehlt. Ich bemühe mich bei meinen Patienten um Sensibilität. Aber ich gebe zu, mit meinen Kollegen und im privaten Bereich bin ich ungeduldig und alles andere als feinfühlig. Es fällt mir schwer, Freundschaften zu schließen, Vertrauen baue ich nur langsam auf. Daher ist der Menschenkreis, der mich umgibt, sehr ausgewählt. Sollten Sie also weiterhin Lust an einem zweiten Date verspüren, Eva, muss ich Sie warnen. Ich bin schwer verdauliche Kost", sagt er grinsend und streicht mit seinem Daumen über meine Finger.

Hui, Toms Andeutung bringt meine Ohren zum Glühen. Jetzt stehen wir also schon kurz davor, uns zu verabreden. Er scheint Interesse an mir zu haben, der vermeintlichen Stalkerin, der er eben noch den Marsch blasen wollte. Ich schweige, denke über seine Worte nach – was es für mich bedeuten würde, ließe ich mich auf ihn ein. Er ist ein komplizierter Mann, ein Mensch mit allerhand Funktionsfehlern, wenn er so ist, wie ich mich selbst im Traum erlebt habe. Ich war übertrieben überzeugt von mir, habe geglaubt, unwiderstehlich schön zu sein und jeden Mann um den Finger wickeln zu können. In meinem wahren Leben aber empfinde ich mich als Durchschnittsfrau, durchaus attraktiv, jedoch eher zurückhaltend, kein Draufgängertyp. Beim Flirten bin ich die Defensive, überlasse den ersten Schritt lieber dem Mann. Tom übernimmt offenbar gerne die Führung und hat kein Problem damit, das Tempo zu erhöhen. Ich bin skeptisch und weiß nicht, was ich von seiner Offenheit und dem verbotenen Charme mir gegenüber halten soll.

„Bitte sagen Sie doch etwas, Eva", lässt Tom eine leichte Verunsicherung durchblicken. „Bin ich zu direkt gewesen?"

„Nein, so ist es nicht", kann ich ihn beruhigen. Er atmet erleichtert auf. „Es ist nur so, dass ich nicht enttäuscht werden möchte", bemühe ich mich, meine Zurückhaltung zu erklären. „Sie sagten ja selbst, dass es eine Vielzahl an Frauen in Ihrem Leben gab. Ich will nicht zu den ausgemusterten gehören, die Sie am Ende auf Ihrer Liste abhaken."

„Eva, um Himmels willen!", sagt er überlaut und schüttelt den Kopf. „Ist Ihnen eigentlich aufgefallen, wie offen ich mit Ihnen über meine Gefühle, ja, mein Leben spreche? Glauben Sie denn, das mache ich mit jedem? Ehrlich gesagt, bin ich selbst überrascht, wie selbstverständlich ich mit Ihnen über intimste Details rede, als würde ich Sie ewig kennen. Dabei sind wir uns gerade erst begegnet und nichts kann diese Vertrautheit erklären, die ich verspüre, wenn ich in Ihrer Nähe bin. Ich sitze hier an Ihrem Bett und möchte diesen Raum nicht mehr verlassen. Können Sie sich vorstellen, wie viel Arbeit da draußen auf mich wartet? Aber das interessiert mich nicht, denn ich bin genau da, wo ich jetzt sein möchte. So etwas ist mir noch nicht passiert. Ich bin nie zuvor einer Frau begegnet, die mich schon kannte, bevor ich auch nur ein Wort mit ihr gewechselt habe. Und nun sagen Sie mir, Eva: Gibt es noch irgendeinen Grund, daran zu zweifeln, dass das Schicksal Sie direkt zu mir geführt hat?"

Wow, ich bin beeindruckt! Nicht nur, weil er sich entschlossen hat, mir meine verrückte Geschichte abzukaufen und mir zu vertrauen (ich selbst wäre bestimmt skeptischer gewesen), sondern dass er bereit ist, mehr darin zu vermuten – einen Zufall der Geschehnisse ausschließt.

„Ich … also … ich", bekomme ich keinen vernünftigen Satz zustande. Sein Bekenntnis haut mich schlichtweg aus den Puschen. Immerhin hat er mir unmissverständlich klargemacht, dass ihm etwas an mir liegt. Ein mir fremder Mann, den ich lediglich in einem Traum kennengelernt habe, gesteht mir seine Zuneigung.

Toms Lächeln trifft mich wie ein Sonnenstrahl mitten ins Gesicht. Mein Gott, er ist aber auch zum Anbeißen schön. Ich könnte ihm ewig in die Augen sehen, seine perfekten Konturen bewundern. Dabei vergisst man völlig die Welt um sich herum.

„Haben Sie keine Angst, Eva, sagen Sie ruhig, was Sie denken", macht er mir Mut, den begonnenen Satz zu beenden. „Bin ich zu forsch für Sie vorgegangen? Dann entschuldige ich mich dafür. Aber ab morgen bin ich für ein paar Tage auf einer Fortbildung. Vielleicht sind Sie nicht mehr hier, wenn ich zurück bin. Also frage ich Sie jetzt ganz direkt: Werden wir uns wiedersehen?"

Verlegen klemme ich mir eine blonde Locke hinters Ohr.

„Das würde mich freuen", antworte ich beschwingt.

5

Vier Wochen sind inzwischen vergangen und meine Erinnerungslücken haben sich nach und nach wieder gefüllt. Ich weiß nun, dass ich wirklich tolle Eltern habe und wir regelmäßigen Kontakt pflegen, es eine jahrelange Sendepause nie gegeben hat. Wie konnte ich jemals etwas anderes annehmen? Diese Erlebnisse im Koma hatten mich komplett durcheinandergebracht, sodass ich sie von der Realität nur schwerlich unterscheiden konnte. Mühselig habe ich mir die Erinnerungen an mein vergangenes Leben zurückerkämpft, habe erkannt, wer ich bin und wie ich niemals sein möchte.

Ich arbeite übrigens tatsächlich in einem Bekleidungsunternehmen und in der Tat verfüge ich über Führungsqualitäten, leite ein kleines Team, mit dem ich mich allerdings hervorragend verstehe. An meinem ersten Arbeitstag nach meinem Krankenhausaufenthalt war ich unsicher, was mich dort erwartet. Missgelaunte Kollegen, die mich nicht ausstehen können, weil ich sie in der Vergangenheit drangsaliert habe?

Zum Glück hatte sich herausgestellt, dass das Gegenteil der Fall ist und wir uns super verstehen.

Tom und ich haben uns bisher nicht wiedergesehen, sind aber heute Abend verabredet. Wir schickten uns regelmäßig Textnachrichten und telefonierten ein paar Mal miteinander. Ich kann immer noch nicht fassen, auf welch seltsame Weise wir zueinandergefunden haben. Das Leben hält manchmal ungewöhnliche Überraschungen bereit.

Ich verlasse gerade meine Lieblingsboutique, in der ich das perfekte Kleid für den heutigen Abend gefunden habe. Tom möchte mich zum Essen ausführen. Und welche Frau will für einen solchen Anlass nicht den richtigen Fummel tragen?

Es wird unser erstes Wiedersehen nach meinem Klinikaufenthalt. Bisher hat er mich bloß in Krankenhauskluft und mit zerzaustem Haar erlebt. Es wird Zeit, dass er auch meine Schokoladenseite kennenlernt.

Als ich die Straße überquere und auf mein neues Auto zusteuere, mache ich ein Pärchen aus, das Arm in Arm an meinem Wagen vorbeizieht, um in den schwarzen Kombi dahinter einzusteigen. Ich schmunzle und freue mich über ihr Glück. Doch als ich näher komme und meine Wagentür erreicht habe, stockt mir der Atem.

Es ist Tom! Mein Dr. Lehmann, der eine elegant gekleidete Frau um die vierzig in Brünett mit schulterlangem Haar zur Beifahrerseite seines Fahrzeugs geleitet, um ihr die Wagentür zu öffnen. Sie lachen vergnügt und scheinen sehr vertraut zu sein. Ihr Gesicht kommt mir bekannt vor, aber ich kann es nicht zuordnen. Sie streicht ihm liebevoll über die Wange, bevor sie einsteigt, was Tom mit einem warmherzigen Lächeln quittiert.

Ich stehe wie versteinert vor meinem Auto und starre auf Tom, der beflügelt die Tür zufallen lässt und kurz darauf um seinen Wagen geht. Sein Kopf schwenkt zur Seite und er bemerkt mich, während er sich zwischen seiner Motorhaube und meinem Kofferraum befindet.

„Eva", ist er überrascht, mich hier zu sehen. Die Überraschung ist ganz meinerseits, vor allem die brünette. „Was machst du denn hier?", benutzt er die zwanglosere Form der Anrede, die wir uns bei unserem letzten Telefonat angeboten haben. Es klingt etwas ungewohnt, von ihm geduzt zu werden, aber noch seltsamer ist seine Frage.

„Was machst *du* hier?", spiele ich den Ball deshalb zurück. Denn soviel ist klar: Er hat mir weitaus mehr zu erklären als ich ihm. Ich halte den Beweis meiner Unschuld in der Hand: eine Tüte aus meiner Boutique, die belegt, dass mich mein Pfad zum Einkaufen in die City führte. Er hingegen verfolgte wohl einen anderen Pfad. Und welcher das genau ist, möchte ich plötzlich nicht mehr wissen. Ich will nur nach Hause, diese unschöne Begegnung vergessen – Tom aus meinem Gedächtnis streichen, und zwar für immer!

„Ach, weißt du was, es interessiert mich eigentlich gar nicht", sage ich mit feuchten Augen und reiße meine Wagentür auf, um möglichst schnell von hier wegzukommen.

Tom reagiert geistesgegenwärtig und springt auf mich zu. Er schlägt meine Fahrertür zu und drückt mich gegen mein Auto. Hupend kommt ein Lkw herangefahren, den ich nicht bemerkt habe. Großer Gott, er fährt so dicht an uns vorbei, dass meine Tür mit Sicherheit abgerissen worden wäre und er mich meterweit mitgeschliffen hätte! Geschockt sehe ich dem Brummi noch hinterher, als er längst über alle Berge ist.

Ich bringe kein Wort mehr heraus, denn mein Herz schlägt mir bis zum Hals. Könnte aber auch daran liegen, dass mich Tom so fest gegen seine Brust drückt, als hätte er Angst, ich könnte mich in Luft auflösen.

„Bist du okay, Eva?", fragt er fürsorglich, nachdem der Schreck langsam nachlässt.

„Ja, dank dir", gebe ich zu, falsch gehandelt zu haben. „Wärst du nicht gewesen, dürftest du mich jetzt nochmals in der Klinik zusammenflicken."

Ich bin erschüttert, beinahe erneut von einem Lkw erfasst worden zu sein. Haben die es auf mich abgesehen? Ich versuche zu lächeln, aber es gelingt mir nicht. Und als Tom seine Umarmung löst, ich den Gefahren des Lebens abermals ausgeliefert bin, fühle ich mich für einen Augenblick hilflos und verloren. Aber nur solange, bis mir die Brünette wieder einfällt. Und schon überkommt mich von Neuem der Drang wegzulaufen, Tom keine Gelegenheit der Erklärung zu geben. Aber er scheint mein Fluchtverlangen zu spüren und ergreift mich am Arm, um mich auf den Gehweg zu ziehen.

„Hör mal, Eva, langsam häufen sich die Zufälle, findest du nicht auch? Dass dein Wagen direkt vor meinem parkt, kann unmöglich ein Versehen sein."

Meine Wut nimmt ungeahnte Auswüchse an. Statt mir seine Schäkerei mit dieser Frau zu erklären, dreht er den Spieß einfach um und unterstellt mir wiederholt, ihn zu stalken!

„Ist das dein Ernst?", frage ich empört und blicke ihn verständnislos an. „Du vermutest, dass ich dir nachstelle? Entschuldige Tom, aber das muss ich mir nicht antun."

Ich entreiße ihm meinen Arm und schwinge mit meiner Tüte zurück zu meinem nigelnagelneuen Fahrzeug, das meine Eltern für mich erst letzte Woche vom Händler abgeholt haben. Schließlich ist mein altes während des Unfalls zu einem Schrotthäufchen gefaltet worden. Ein Wunder, dass man mich daraus lebendig bergen konnte. Eines von vielen Wundern, die in der letzten Zeit geschehen.

„Aber was soll ich denn glauben, wenn unsere Autos zeitgleich am selben Ort stehen?", ist er sichtlich verwirrt. „Das ist doch alles nicht zu erklären!"

Er streckt seine Hände in die Höhe, um sie gleich darauf kopfschüttelnd fallen zu lassen und danach in die Hüften zu stemmen.

Ich öffne meinen Kofferraum und zeige mit der anderen Hand auf meine Tüte, die ich vorhabe darin zu verstauen.

„Siehst du das hier, Tom?", frage ich provozierend. „Das ist das Versehen, von dem du gesprochen hast. Ich bin versehentlich zur gleichen Zeit wie du in die City aufgebrochen, um mir für heute Abend was Schönes zum Anziehen zu kaufen. Aber du hast Recht! Das ist kein Zufall. Denn daran glaube ich nicht. Es ist ein Wunder, eines, das mir die Augen über dich öffnen sollte. Und ich bin froh, dass es geschehen ist, somit ist mir nämlich klar geworden, dass ich dich vergessen muss."

Ich werfe meinen Einkauf in den Kofferraum und knalle die Klappe zu. Diesmal achte ich auf den Verkehr, bevor ich ums Auto gehe und die Fahrertür öffne. Ich will mein Glück schließlich nicht herausfordern.

Tom steht da wie ein Soldat auf verlorenem Posten. Er sieht mir beim Ausparken zu und bewegt sich nicht von der Stelle. Im Rückspiegel kann ich noch erkennen, wie er die Schultern hängen lässt und mir niedergeschlagen hinterherblickt, als ich die Kreuzung längst passiert habe.

6

Damit ist der Abend, auf den ich mich gefreut habe, wohl gelaufen. Besser so. Gut, dass ich rechtzeitig erkannt habe, dass Tom ein unehrliches Spiel mit mir treibt. Ich hatte es ja geahnt. Immerhin habe ich in seiner Haut gesteckt, als ich im Koma lag, konnte erleben, wie es sich anfühlt, eine Verführerin zu sein – Männer der Reihe nach für meine Zwecke zu missbrauchen. Nur dass er es auf das weibliche Geschlecht abgesehen hat und ich ihm um ein Haar ins Netz gegangen wäre. Ich bin so dämlich! Wie konnte ich mir einbilden, ich wäre etwas Besonderes in seinen Augen, mit mir würde er es ernst meinen?

Ich komme in meiner Wohnung an, nachdem ich zuvor eine Stunde ziellos durch die Stadt gefahren bin. Diese Sache hat mich aufgewühlt und meine Denkmaschine zum Heißlaufen gebracht. Ich habe mich in Tom verliebt, Gefühle für ihn zugelassen, obwohl ich es hätte besser wissen müssen. Jetzt kann ich zusehen, wie ich meine Seele wieder repariere.

Auf meinem Smartphone finde ich Dutzende Textnachrichten von Tom. Ich lösche sie ungelesen. Viermal hat er angerufen und meine Mailbox besprochen. Ich höre sie nicht ab.

Grübelnd sitze ich auf meiner Couch und starre auf die Tüte mit dem Einkauf, die ich achtlos auf den Boden geworfen habe.

Oh nein, ich denke nicht daran, Trübsal zu blasen! Heute ist Samstag und an einem solchen Tag unternimmt man etwas, amüsiert sich! Ich werde in meinen Stammclub gehen und Freunde treffen. Wäre doch gelacht, sollte es mir nicht gelingen, Tom aus meinem Gedächtnis zu verbannen!

Um achtzehn Uhr bin ich abmarschbereit und werfe einen kontrollierenden Blick in den Spiegel. Ich habe mir das neue Kleid übergeworfen, das sich sanft an meine Hüften schmiegt. Das luftige schwarze Abendkleid ist genau die richtige Klamotte für einen lauen Sommerabend wie diesen, an dem ich vorhabe, Männerblicke auf mich zu ziehen. Meine blonden Locken habe ich zu einem lockeren Knoten zusammengebunden, sodass mein Ausschnitt im Rücken unbedeckt bleibt.

Jetzt kann es losgehen! Ich schlüpfe in meine High Heels und schnappe mir meine

Tasche. Lächelnd greife ich mir die Schlüssel, die in einer Schale auf der Anrichte im Flur liegen, und öffne die Wohnungstür.

Doch damit habe ich nicht gerechnet: Tom steht auf der Fußmatte, seine Hand ruht auf dem Klingelknopf, den er soeben drücken wollte. Erschrocken fahre ich zusammen und lasse meine Handtasche mit den Schlüsseln fallen.

„Tom?", frage ich in weiser Vermutung, es mit einem Geist zu tun zu haben. Denn warum sollte der echte Tom sich die Mühe machen, mich zu Hause aufzusuchen, nachdem ich ihn in der City stehen lassen und seitdem eiskalt ignoriert habe? Bestimmt hat er in seinem Handy etliche Nummern von Frauen gespeichert, die nur darauf warten, von ihm angerufen und beglückt zu werden.

Tom holt tief Luft, um etwas zu erwidern, doch statt Worte bringt er lediglich Blicke zustande, die mich förmlich ausziehen.

„Es tut mir leid, du kommst ungelegen. Ich wollte gerade gehen", gifte ich ihn an. Ich bücke mich nach meinen Utensilien, doch Tom ist schneller und reißt sich die Schlüssel unter den Nagel, sodass ich bloß meine Tasche zu fassen bekomme.

Was auch immer du planst, es kann warten!", herrscht er mich an und drückt mich zurück in die Wohnung.

„Was soll das?", wehre ich mich, doch mein Protest bleibt erfolglos. Als wir beide im Flur stehen, schließt er die Tür von innen und steckt sich meine Schlüssel in die Hosentasche. „Gib sie mir sofort zurück!", verlange ich. „Du hast kein Recht dazu!"

„Findest du nicht auch, dass wir reden sollten?", gibt er zu bedenken.

„Nein", sage ich bockig. „Ich hab jetzt etwas vor."

„Ja, richtig, du bist mit mir verabredet", erinnert er mich an die Fakten. „Und dieses Kleid hast du heute für mich gekauft und für keinen Scheißkerl aus irgendeiner Bar! Ich lasse nicht zu, dass du dich aufgrund eines Missverständnisses zwischen uns beiden einem fremden Mann in die Arme wirfst!"

„Wie kommst du denn auf solch einen Blödsinn?", bin ich empört von seiner Theorie. „Nur weil ich mich schick gemacht habe, will ich mir doch keinen Lover aufreißen."

Offenbar schließt er von sich selbst auf andere. Mag ja sein, dass *er* so vorgeht, wenn er von einer Frau versetzt wurde. Ich aber wollte mich nur amüsieren, keinen Mann abschleppen.

„Schick?", hinterfragt er meine Äußerung, „du siehst umwerfend aus, verdammt noch mal! In diesem Aufzug liegt dir jeder verfluchte Kerl auf diesem Globus zu Füßen!"

Ich erwidere nichts mehr, erst muss ich verarbeiten, was ich gerade gehört habe – wie verletzlich sich Tom zeigt. Er blickt unruhig durch meine Wohnung, um sich kurz darauf den Nacken zu reiben.

„Eva, bitte verurteile mich nicht. Ich bin nicht der Frauenheld, für den du mich hältst."

Langsam bewegt er sich auf mich zu, doch ich wende mich ab und gehe ins Wohnzimmer. Ich will mich nicht von ihm einlullen lassen. Er ist, was er ist. Das kann er nicht kleinreden.

Ich gehe zum Fenster und schaue auf die Straße. Tom folgt mir und stellt sich hinter mich.

„Ich glaube dir nicht", erwidere ich leise und wünschte, ich könnte etwas anderes sagen. Aber ich kenne sein wahres Gesicht, habe im Koma hinter die Fassade blicken können – denn ich war er.

Tom ergreift meinen Oberarm und zieht mich herum in seine Arme.

„Herrgott noch mal, Eva, die Frau, mit der du mich heute gesehen hast, war Luise, eine langjährige Freundin! Es ist rein platonisch und hat überhaupt nichts zu bedeuten."

Noch bin ich dabei, mich von dem Schreck zu erholen, von Tom derart überrumpelt worden zu sein. Er hält mich fest wie ein Schraubstock und ganz sicher kann ich morgen die blauen Flecken auf meinem Arm zählen. Doch gleichzeitig habe ich durchaus wahrgenommen, was er mir eben gesagt hat. In meinem Kopf arbeitet es und es formt sich ein Bild vor meinem geistigen Auge. Luise ... Luise, woher kenne ich diesen Namen?

„Meinst du meine Klassenkameradin ... äh ... deine ...? Die Luise, mit der du zur Schule gegangen bist, die so für dich geschwärmt hat?"

Tom lässt von mir ab und durchbohrt mich mit seinem fragenden Blick.

„Woher weißt du das nun schon wieder?", will er wissen und lässt seine aufsteigende Wut gewähren. „ Gibt es denn irgendetwas, worüber du nicht im Bilde bist? Hast du meine gesamte Vergangenheit durchleuchtet?"

Ich atme tief durch, um nicht wie ein Silvesterböller zu explodieren. Einen Augenblick denke ich nach, ob es sich lohnt, mich zu verteidigen. Immerhin hatte ich mich ohnehin entschlossen, den Kontakt zu ihm abzubrechen. Andererseits kann ich es doch nicht so stehen lassen, für eine Spionin gehalten zu werden. Egal, er muss gehen, sofort! Sonst vergesse ich mich!

„Raus jetzt!", bestehe ich auf mein Hausrecht und zeige mit dem Finger zum Ausgang.

Tom stiert mich an wie ein gescheiterter Firmenboss, der mit seinem Unternehmen auf den Konkurs zusteuert. Doch ich lasse mich nicht erweichen, mache ihm weiterhin deutlich, dass ich nicht vorhabe, unser Gespräch fortzusetzen.

Dummerweise funktioniert Tom nicht wie gewünscht. Denn ich habe die Rechnung nicht mit seiner Hartnäckigkeit gemacht. Statt meinem Befehl Folge zu leisten und sich augenblicklich zu entfernen, umfasst er meinen Finger, der nach wie vor stur zur Tür zeigt, und senkt meinen Arm. Seine warme Hand legt sich um meine und drückt sie leicht.

„Ich werde nicht gehen, Eva. Erst werden wir uns aussprechen", legt er fest.

„Es ist doch egal, was ich sage", mache ich deutlich. „Du beschuldigst mich trotzdem immer aufs Neue, eine Stalkerin zu sein."

„Tja", bemerkt er. „Anscheinend ist es auch egal, was *ich* sage. Denn du beschuldigst mich, ein Frauenheld zu sein. Und wie lösen wir dieses Problem jetzt?"

Ich senke den Kopf und denke nach. Kann es sein, dass wir uns ein falsches Bild vom jeweils anderen gemacht haben? Aber was sollten dann diese Erlebnisse, die mich im Koma heimsuchten? Waren sie nur ein Trugbild und hatten mit der Wahrheit nichts zu tun?

„Vielleicht tue ich dir ja Unrecht", gestehe ich verunsichert ein. „Nur was ich im Koma erlebt habe, kann ich nicht einfach wegwischen. Es war, als hätte ich dein Leben gelebt. Selbst Luise ist mir dort begegnet. Doch ich gebe zu, dass nicht jede Einzelheit stimmte, es Abweichungen zur Realität gab."

„Na bitte", sieht Tom erleichtert aus, „dann sind wir ja schon einen Schritt weiter. Ich habe erfahren, woher du Luise kennst, und du bist bereit, deine Fehleinschätzung zu überdenken." Er legt seine zweite Hand ebenfalls über meine kalten Finger. Die Aufregung muss mich ausgekühlt haben. „Ich mag ja früher mal diese Person gewesen sein, die du in mir vermutest – als ich jung war und neugierig auf die Welt. Und da gab es Frauengeschichten und ein aufgeblasenes Ego, mit dem ich lernen musste umzugehen. Aber nicht, weil ich glaubte, ein toller Hecht zu sein. Ich sehnte mich all die Zeit nach Liebe und Geborgenheit. Doch das wollte ich mir gegenüber nicht eingestehen, hatte Angst, deshalb als schwächlich zu gelten. Also hielt ich meine wahren Wünsche verborgen und lebte zügellos. Heute ist es ruhig um mich geworden und ich hoffe, endlich das zu finden, wonach ich mich seit Langem sehne."

Sein Monolog scheint beendet, denn er schließt ihn mit einem sanften Lächeln ab. Dabei streichelt er meine Finger, die inzwischen mit seinen verwachsen sein müssen, so innig hält er sie fest.

Zwar genieße ich seine Berührungen und bin froh, dass das Gewitter zwischen uns vorübergezogen ist, aber ich fürchte mich vor dieser Nähe, möchte ihn nicht weiter in mein Leben lassen. Womöglich stellt er doch noch fest, dass nicht ich die Frau bin, die ihn glücklich machen kann, sondern Luise, die ihm seit Jahrzehnten treu ergeben ist.

„Tom, es ist gut, dass wir über alles geredet haben. Trotzdem ist es besser, wenn du jetzt gehst", sage ich zu unserer beider Überraschung. Ich will nicht, dass er geht, aber ich will auch nicht, dass er bleibt. Offenbar ist nicht *er* derjenige mit Bindungsängsten, sondern ich!

„Hast du mir denn nicht zugehört, Eva? Du bist der Mensch, auf den ich gewartet habe, nach dem ich mich immer gesehnt habe."

Ich schüttle den Kopf und entziehe Tom meine Hand.

„Du bist aber nicht der Mann meiner Träume!", sage ich überlaut, um mich selbst von der Richtigkeit meiner Aussage zu überzeugen.

Einen Augenblick lang wird es still um uns, gibt keiner mehr einen Laut von sich. Was habe ich da gerade gesagt? War ich das überhaupt oder eine ähnlich klingende Stimme vom Band? Nicht nur in mir hallen die Worte wie ein Echo nach. Tom scheint meinen Satz im Kopf wie eine Schleife zu wiederholen und sich zu fragen, wie er ihn zu bewerten hat.

So, jetzt hab ich's geschafft – ihn dazu bewogen aufzugeben. Das war doch meine Absicht: Ich wollte diesen Kampf gewinnen und ihm deutlich machen, dass Eva Kramer die Stärkere ist, sich nicht entwaffnen lässt – in ihren eigenen vier Wänden.

„Gib mir jetzt bitte meine Schlüssel zurück!", treibe ich die Provokation auf die Spitze und strecke meine Hand aus. „Du wolltest, dass wir uns aussprechen. Das haben wir getan", sage ich ungeduldig, weiterhin nichts von ihm zu hören. Warum sagt er denn nichts? Jetzt ist *er* an der Reihe.

Er versenkt seine Hände in den Hosentaschen und geht ein paar Mal im Zimmer auf und ab. Interessiert bleibt er vor meinem Regal stehen und lenkt seinen Blick auf ein Foto, das mich mit einem Arbeitskollegen zeigt. Gedankenversunken betrachtet er es eine Weile, bis er sich nach mir umdreht.

„Ist *er* dein Traummann?", fragt er im ruppigen Ton und kommt mir wieder näher. Als er vor mir steht, schnappt er mich an den Oberarmen und zieht mich zu sich heran. „Also ... ich warte!", fordert er mich auf zu antworten, als ich weiterhin stumm bleibe.

Was soll ich darauf auch sagen? Das ist Olli, ein netter Arbeitskollege, der eine halbe Armlänge kleiner ist als ich und mit dem man auf Betriebsfeiern eine Menge Spaß haben kann.

„Ja, Tom, das ist er", sage ich tonlos und frage mich, was mich dazu bewogen hat, das zu sagen. „Er ist lieb, treu und geduldig", höre ich nicht auf, Tom zu provozieren. „Kannst du das auch von dir behaupten?"

„Verflucht noch mal, Eva, lass deine Spielchen!", schimpft er mir ins Gesicht. „Glaubst du denn, ich nehme dir das alles ab?" Sein Griff wird fester und beginnt zu schmerzen. „Als du aus dem Koma erwacht bist, hast du *meinen* Namen ausgesprochen! Nicht seinen …", er zeigt mit dem Finger auf das Foto, „… oder den eines anderen Mannes. Mach dir das bitte bewusst, Eva, denn es passiert nicht alle Tage, dass man von einem fremden Menschen träumt, der nach dem Aufwachen plötzlich vor einem steht. Und da willst du mir weismachen, ich wäre nicht dein Traummann? Du hast von mir geträumt und ich bin wahr für dich geworden. Nun willst du mich abweisen? Denkst du denn, das lasse ich zu? Du und ich, das ist kein Zufall! Jede Begegnung, jede noch so kleine Einzelheit scheint dem einen Zweck zu dienen: dass wir zusammenfinden. Du hast es doch selbst vorhin gesagt: Du glaubst nicht an Zufälle. Jetzt, wo ich dir zustimme und die gleiche übernatürliche Kraft darin erkenne, darfst du dich nicht von mir abwenden."

Endlich lockert sich sein Griff und seine Arme legen sich zärtlich um meine Hüften. Ich bin überwältigt von seinen Worten, die mich tief beeindruckt haben.

„Das heißt also, dass du mir wirklich glaubst?", frage ich trotzdem lieber nach. „Du unterstellst mir nicht mehr, ich hätte dich und Luise gestalkt?"

Er küsst mich auf die Stirn und streicht mir eine Haarsträhne aus dem Gesicht.

„Ich glaube dir, Eva, und ich unterstelle dir nichts. Ich bin nur traurig, dass du mich so schnell aufgeben wolltest", sagt er betrübt und kramt die Schlüssel hervor, die er in der Hosentasche versteckt hielt. „Hier, ich will dich nicht länger aufhalten."

Er legt sie auf den Wohnzimmertisch und geht zum Ausgang.

Moment, so schnell kann ich nicht umdenken. Erst kämpft er wie ein Löwe um mich und ist bemüht, mich von seinen Gefühlen zu überzeugen. Und jetzt, wo er mich zum Nachdenken gebracht und den Kampf beinahe gewonnen hat, beabsichtigt er, die Arena zu verlassen? Das erscheint mir nicht plausibel.

„Halt!", rufe ich und laufe ihm nach. Gerade hat er die Wohnungstür geöffnet und will hinausgehen, als ich ihn zurückziehe und die Tür unsanft zufallen lasse. „So nicht!", sage ich fast bedrohlich. Ich drücke ihn gegen die Wand und stemme mich gegen ihn. „Du kannst hier nicht so einen Auftritt hinlegen und dann einfach gehen!"

Erstaunt blickt er mich an.

„Aber das ist genau das, was du die ganze Zeit wolltest, Eva", sagt er und kräuselt seine Stirn.

„Woher willst du wissen, was ich wirklich will, wenn ich es nicht mal selbst weiß, hm?", gebe ich unsinnigerweise von mir. „Los, erzähl mal, kannst du in meiner Aura lesen? Mir ist dieses Talent jedenfalls abhandengekommen. Sonst hätte ich nämlich geahnt, was in dir vorgeht. Stattdessen war ich ahnungslos und hab dich verletzt und mich obendrein dazu. Tut mir leid, Tom, das wollte ich nicht."

Ich senke meinen Blick, doch ich drücke mich weiterhin gegen seinen Brustkorb, sodass er mit der Wand im Rücken verbunden bleibt. Er darf nicht gehen – nie mehr! Andererseits sollte er besser gehen, denn ich traue ihm nicht – nach wie vor!

Ist er wirklich in der Lage, seine charakterlichen Schwächen einfach abzulegen? Er kann doch nicht plötzlich zu einem neuen Menschen geworden sein! Jahrelang hat er Frauen ausgenutzt, war sich seines guten Aussehens bewusst. Und nun lebt er im Zölibat und denkt, ich würde das glauben?

„Hör zu, Eva", ergreift Tom das Wort, als ich nicht mehr weiterweiß. Offenbar erkennt er meinen Zwiespalt. „Lass dir Zeit, denk über alles nach. Ich möchte dich nicht bedrängen."

Okay, das klingt nach einem Plan. Ich will nicken, aber mein Kopf reagiert nicht auf meinen Befehl. Denn im Grunde möchte ich jetzt etwas völlig anderes.

„Ich werde besser gehen", wiederholt er sein Vorhaben von eben und will sich in Bewegung setzen.

Doch ich nehme ihn fester in die Mangel, drücke mich mit ganzer Kraft gegen ihn.

„Nein!", platzt es aus mir heraus. „Nicht!" Meine Hände legen sich um sein Gesicht, fühlen seine schwarzen Bartstoppeln und die Wärme, die von ihm ausgeht. Ich inhaliere seinen Duft und streiche mit dem Daumen über seine weichen Lippen. Dieser Mann ist perfekt, jede seiner einzelnen Körperzellen sitzt genau an der richtigen Stelle. Und nichts hält mich mehr auf, ihn zu erkunden, mir alles von ihm einzuverleiben. Ob er treu sein kann oder nicht, spielt augenblicklich keine Rolle mehr. Darüber kann ich mir später noch einmal Gedanken machen. Er ist hier – in meiner Wohnung und gehört mir allein – für diese Nacht. Keine Luise oder andere Frauen können etwas daran ändern.

Tom registriert meine Wandlung, trotzdem hält er sich zurück. Mit seiner Aura strahlt er Unsicherheit aus, das kann ich deutlich erkennen. Plötzlich ist es zurück – mein Talent, das ich schon verloren glaubte. Ich lese in seinen Gefühlen, die sich mir so deutlich offenbaren, als wäre er gläsern. Er ist mir verfallen, doch er will sich keine weiteren Schwächen zugestehen. Immerhin hatte er erst im Wohnzimmer Vollgas gegeben, sich verletzlich gemacht, als er um mich gekämpft hat.

Mein Finger arbeitet sich von seinem Gesicht herunter und gleitet über sein kantiges Kinn langsam abwärts an seinem Hals entlang. Vom Kragen seines Hemdes werde ich aufgehalten, also erlaube ich mir, die ersten drei Knöpfe zu öffnen. Mir läuft das Wasser im Mund zusammen, als ich die dunklen Haare auf seiner Brust erblicke und möchte wissen, wie der Rest seines Oberkörpers gebaut ist. Als ich weitermachen will, hält mich Tom auf und schnappt sich meine Hand.

„Mein Gott, Eva, du hast es wirklich drauf, mich zu manipulieren", sagt er mit heiserer Stimme. „Eben noch dachte ich, du willst mich zum Mond schießen und nun dreht sich der Wind genau in die entgegengesetzte Richtung. Sag mir, was ich tun soll! Wäre es nicht vernünftiger, wenn ich …?"

„Ja", unterbreche ich ihn. „Aber ich möchte jetzt nicht vernünftig sein."

Ich drücke meine Lippen vorsichtig auf seinen Mund und küsse ihn sachte. Tom überlegt nicht lang und nimmt mich bei den Hüften, um sich aus seiner eingeklemmten Lage zu befreien. Er dreht mich herum, sodass *ich* nun gegen die Wand gedrückt werde und ihm mehr Handlungsspielraum gegeben ist.

„Verflucht noch mal, Mädchen!", stößt er seine Worte aufgewühlt heraus, „du kannst aber auch mit mir machen, was du willst! Ich bin dir ausgeliefert wie ein dummer Schuljunge!"

Erregt drückt er seinen Unterleib gegen meinen. Ich kann sein Herz wild schlagen hören, oder ist es mein eigenes? Als sein Gesicht sich meinem nähert, komme ich ihm entgegen, um seinen Kuss in Empfang zu nehmen. Er bemüht sich, zärtlich zu sein, meine Lippen sanft zu liebkosen. Aber ich spüre sein unbändiges Verlangen, sich gehen zu lassen – den Wunsch, keine weitere Sekunde mit Zurückhaltung zu verschwenden.

Mir geht es genauso und ich möchte am liebsten die nächsten Schritte auslassen und direkt zur Sache kommen. Was geht hier ab? Bin ich gedopt?

„Tom, ich will dich", hauche ich liebestoll, obwohl ich mich etwas davor fürchte, dass alles zu schnell geht. Denn eigentlich bin ich eher der langsame Typ, gehe mit Bedacht vor.

„Ja, ich weiß", flüstert er und verbindet sich erneut mit meinen Lippen. Seine Zunge gleitet tief in meinen Mund und endlich küssen wir uns voller Leidenschaft und hemmungsloser Wildheit.

Ich wickle meine Arme um ihn herum, möchte ihn so nah wie möglich an mir fühlen. Habe ich jemals so ein Verlangen gespürt? Tom legt seine Hände auf meinen Po und zieht mich ungestüm gegen seinen harten Unterleib. Oh Mann, dass er längst bereit für mich ist und sich nur schwerlich zurückhält, macht mich wahnsinnig. Am liebsten möchte ich hier und jetzt sofort aufs Ganze gehen, ein Vorspiel überspringen und ihn in mir spüren – mit allem, was er zu bieten hat.

Ich ziehe ihm das Hemd aus der Hose und lasse meine Hände darunter gleiten. Seine Haut ist so heiß wie ein Lavastein und wenn ich nicht aufhöre, alles so schnell voranzutreiben, verbrenne ich mir noch die Finger.

Aber ich drossle das Tempo nicht, fahre über seinen Hosenbund, bis ich die Gürtelschnalle erreicht habe und sie ohne zu zögern öffne.

„Jetzt willst du's aber wissen", bemerkt Tom überhitzt und zieht mir das Kleid nach oben, um mit seinen Händen meinen Po zu umfassen.

„Hör nicht auf", hauche ich ihm ins Ohr und lasse mich von ihm in seine Arme heben und umschlinge ihn mit meinen Beinen.

„Nein, bestimmt nicht", sagt er siegessicher mit einem leichten Lächeln auf den Lippen. Er trägt mich ins Wohnzimmer und legt mich auf dem breiten Sofa ab, um sich kurz darauf über mich zu beugen. „Davon träume ich schon seit unserer ersten Begegnung. Es gab keine einzige Sekunde, in der du mir nicht durch den Kopf gegangen bist. Und jetzt liegst du hier, Eva, und wirst zu Wachs in meinen Händen. Ich werde nicht aufhören – dazu bin ich gar nicht mehr fähig."

Wow, seine Worte heizen mich bloß noch weiter an. Ich würde gern die Führung übernehmen, ihm deutlich machen, dass ich nicht länger warten möchte. Doch er grinst mich an und schüttelt den Kopf.

„Nicht so hastig, Mädchen", kann er sich erstaunlicherweise beherrschen und mustert mein Gesicht.

„Bitte, Tom, spann mich nicht auf die Folter. Ich will es jetzt!"

„Ja, das spüre ich", gibt er sich überlegen. „Und das möchte ich ein bisschen auskosten." Er küsst mich auf die Nase. „Die letzte Stunde befürchtete ich schon, dich verloren zu haben. Es war hart für mich, dich so unnachgiebig zu erleben. Kannst du das verstehen?"

Er streichelt meine Wange und sieht mich abwartend an. Ich brauche einen Augenblick, um umschalten zu können. Immerhin bewegte ich mich eben noch in einem Nebel voller Lust. Jetzt muss ich runterschalten und meinen Denkkasten wieder anknipsen. Wie lautete also seine Frage? Ach ja! Moment … richtig.

„Natürlich", ist meine kurze Antwort. Aber eigentlich weiß ich nicht, worauf er hinaus möchte. Es kann ihm doch egal sein, wie viel Mühe er hatte, mich rumzubekommen. Nun hat er es geschafft, war erfolgreich bei mir – wie wahrscheinlich bei jeder anderen Frau ebenfalls. Er soll es endlich tun – mir das geben, was er bereits etlichen Bewerberinnen zuvor gegeben hat.

Lächelnd zieht er mir die verrutschte Spange aus dem Haar, sodass sich meine langen Locken auf der Sofafläche ausbreiten können.

„Wie schön du bist", schwärmt er mit glänzenden Augen und lässt seine Hand über meinen gesamten Körper wandern. Es dauert nicht lange und schon steigt die Hitze wieder in mir auf. Mein Puls verdoppelt seine Geschwindigkeit. Und als Toms Finger unters Kleid gleiten und sie die Naht meines Slips nachzeichnen, möchte ich ihn anschreien, mich nicht so zu quälen.

Er senkt seinen Kopf, um mich zu küssen, und umschließt meinen Mund zärtlich mit seinen Lippen. Aber jetzt habe ich genug von diesem Herumgeeiere! Ich schlinge meine Arme um seinen Kopf und Rücken und ziehe ihn gewaltsam zu mir herunter, sodass er seinen Halt verliert. Bevor er reagieren kann, übernehme ich das Ruder und drehe uns herum. Nun liege *ich* über ihm und verfüge über die trügerische Macht, alles zu tun. Ich öffne die restlichen Knöpfe seines Hemdes und schlage es auf, um seinen entblößten Oberkörper zu bewundern. Nichts hindert mich mehr daran, ihn zu berühren, seine Haut unter meinen Fingern zu spüren. Ich streiche mit beiden Händen über die Haare auf seiner Brust und fahre danach zu seinem Bauch, der sich heftig auf und ab senkt. Schon habe ich die Flamme in ihm erneut entfacht und fackle nicht lange. Von nun an kann mich nichts mehr stoppen.

Ich mache mich am Knopf seiner Hose zu schaffen und ziehe den Reißverschluss auf. Ich kann die Wölbung sehen, die sich darunter auftut und umfasse sie sanft. Tom stöhnt auf und schließt dabei die Augen.

„Eva, du spielst mit dem Feuer", sagt er leise und scheint mir willenlos ergeben zu sein. Aber da habe ich mich getäuscht. Er schnappt nach meinen Händen und zieht mich von sich herunter. Blitzschnell hat er die Oberhand gewonnen und rollt sich über mich. Er atmet schwer und weiß genau, was er jetzt tun wird.

„Du willst es unbedingt, nicht wahr?", fragt er, obwohl er keinen Wert auf eine Antwort legt, denn er ist längst dabei, sich die Hose abzustreifen.

Herrgott ja, denke ich bloß und strecke ihm meinen Unterleib entgegen. Endlich beugt er sich meinem Willen und steigert das Tempo. Ohne zu zögern, greift er nach meinem Slip und streift ihn mir ungestüm ab. Das Kleid war ohnehin kein Hindernis mehr, da es längst nach oben gerutscht ist.

„Verflucht, du bist so sexy!", sagt er mit belegter Stimme und platziert sich zwischen meine Beine.

„Oh Gott, Tom", erwidere ich lediglich und bekomme es plötzlich mit der Angst zu tun. Was wird danach sein? Werde ich dann von seiner Liste gestrichen?

„Ja, mein Mädchen, du bekommst jetzt, was du willst", missversteht er meinen panischen Ausruf. Lieber würde ich die Uhr auf Anfang zurückstellen und alles langsamer angehen lassen. Ich könnte es nicht ertragen, wenn er mich hiernach nicht mehr achten würde, weil ich mich ihm vorschnell hingegeben habe.

Aber nun ist es zu spät. Er hat leichtes Spiel, als er in mich eindringt, denn die ganze Zeit wollte ich nichts anderes, als ihn in mir zu spüren. Einen kurzen Moment überlege ich, ihn wegzudrücken und zu stoppen. Als er jedoch beginnt, sich sanft in mir zu bewegen, überwiegt das wunderbare Gefühl, das er mit jedem Stoß in mir auslöst. Jetzt ist er bei mir und dieser Moment gehört mir ganz allein! Ich schließe die Augen und genieße, was er mit mir tut. Er geht so sachte vor, dass ich mir fast wünsche, er würde mich härter nehmen. Aber er scheint sich nur zurückzuhalten, möchte das Unvermeidliche hinauszögern. Ich stöhne, als er mein Bein nach oben zieht, um tiefer in mich einzudringen.

„Eva, ich will dich zum Äußersten treiben. Entspanne dich einfach und vertraue mir", haucht er mir erregt entgegen und beginnt gleichzeitig mich mit dem Finger zu stimulieren. Ich kann nicht mehr an mich halten und glaube, innerlich zu zerspringen. Er ist wirklich ein Experte, das wird immer deutlicher. Er weiß genau, was er tut, und bringt mich dem Höhepunkt Stoß um Stoß näher. Als er beginnt, sich schneller zu bewegen und härter zustößt, baut sich ein Feuerwerk in mir auf.

„Jetzt hab ich dich!", weiß Tom Bescheid, als könnte er das Gleiche fühlen wie ich. Er scheint seine Antenne voll auf mich eingestellt zu haben und in der Lage zu sein, sich so lange zurückzunehmen, bis ich da bin, wo er mich hinhaben will.

Kraftvoll stemmt er seinen Schaft so tief in mich hinein, dass die Glut in mir explodiert und ich vor Wollust aufschreie. Tom kommt fast zur gleichen Zeit, ist nicht mehr zu halten, als sich bei meinem Höhepunkt alles in mir zusammenzieht.

„Meine Güte, Eva, du bist der Wahnsinn!", stöhnt er seine Worte heraus und lässt sich danach erschöpft auf mir nieder.

7

Tom liegt neben mir auf der Seite und stützt seinen Kopf mit der Hand ab. Die andere Hand streicht über meine Oberschenkel und zeichnet unsichtbare Muster auf meine Haut. Ich liege auf dem Rücken und starre ins Leere, dabei denke ich darüber nach, wie es mir passieren konnte, so unbeherrscht zu sein. In der Regel habe ich meine sexuellen Gelüste im Griff, falle nicht wie eine Hyäne über einen Mann her. Tom jedoch hat meine tiefsten Abgründe zum Vorschein gebracht, ein Feuer in mir entfacht, das für gewöhnlich auf Sparflamme läuft. Ich schäme mich dafür, dass ich mich für eine schnelle Nummer hergegeben habe, ihm das Gefühl gab, ich sei leichte Beute. Was denkt er nun von mir? Dass er mich ebenso leicht flachlegen kann wie die anderen Miezen, die ihm mit Vergnügen zu Dienste stehen?

Die Erniedrigung, von ihm abgelegt zu werden wie ein alter Schuh, würde ich nicht aushalten. Besser, ich komme ihm zuvor und erspare mir, dass er mich zum Abschied belügt und vorgibt, mich wieder anrufen zu wollen, obwohl er in Gedanken schon bei Luise oder dem nächsten Betthupferl ist.

„Was geht in dir vor, meine Schöne?", fragt Tom lächelnd und drückt meinen Kopf sanft zur Seite, sodass ich ihm in die Augen sehen muss. „Beschäftigt dich etwas?"

Ich kann sein Lächeln nicht erwidern, weil mich unendliche Traurigkeit überkommt. Tom hatte Recht: Er ist mein Traummann. Ihn will ich haben wie keinen anderen Mann zuvor. Aber die Schöpfung hat ihn nicht allein für mich geschaffen, sondern ihn zum Abschuss für die Frauenwelt freigegeben. Ich kann dankbar sein, ein kleines Stück vom Kuchen abbekommen zu haben. Das gesamte Naschwerk steht mir jedoch nicht zu. Denn jeder darf mal knabbern.

„Tom, ich ...", beginne ich meinen Satz und gerate ins Stocken, denn ich möchte nicht sagen, was ich nun vorhabe zu sagen.

Er richtet sich auf und sieht angespannt aus.

„Das klingt nicht gut", bemerkt er mit verkniffenem Gesicht. „Warum habe ich das Gefühl, dass nun ein Gespräch folgt, das mir nicht gefallen wird?", hat er sofort das richtige Gespür. „Eva, falls ich etwas falsch gemacht haben sollte ..."

„Nein, Tom, das hast du nicht", gebe ich ihm keine Möglichkeit, den Satz zu beenden und fehlerhafte Schlüsse zu ziehen. „*Ich* habe etwas falsch gemacht, nicht du!"

„Das ist doch Unsinn", widerspricht er mir. „Du könntest gar nichts falsch machen in meinen Augen, selbst wenn du es wolltest."

„Doch, Tom", weiß ich es besser. „Ich hätte mich bremsen müssen, dir nicht das Gefühl geben dürfen, du könntest mich nach Belieben vernaschen. Ich war zügellos, hab mich dir auf einem silbernen Tablett serviert. Du brauchtest nur zugreifen, dir nehmen, was du wolltest. Ich hab es dir zu leicht gemacht. Womöglich bin ich nicht besser als deine anderen Bettgeschichten, die du ein paar Tage später abgehakt hast."

Tom sieht empört aus und zieht mich aus meiner liegenden Position herauf in seine Arme.

„Meine Güte, Eva, was redest du da? Glaubst du ehrlich, ich würde so denken? Alles war eben perfekt zwischen uns und ich wünsche mir noch viele solcher erfüllenden Momente."

Zärtlich streicht er über meinen Rücken, der vom Kleid, das ich nach wie vor trage, nicht bedeckt wird. Ich habe meinen Kopf an seine Brust gelehnt und überlege: Erfüllende

Momente könnte er mit jeder Frau haben. Warum sollte er sie mit *mir* erleben wollen?

„Tom", sage ich und blicke sehnsüchtig in sein wunderschönes Gesicht. „Die Wievielte bin ich und werde ich die Letzte sein?"

Er legt seine Hände um meinen Nacken und sieht mich verärgert an.

„Habe ich dir nicht deutlich gezeigt, wie sehr ich dich vergöttere? Wieso machst du es jetzt so kompliziert und gibst dich wie ein Mauerblümchen, das noch nie von einem Mann gefickt wurde? Ich bin kein Romantiker, Eva. Und ein besonders geduldiger Mensch bin ich ebenso wenig, wie du weißt. Mache es nicht kaputt. Wir hatten guten Sex, nicht mehr und nicht weniger. Ich finde dich toll, das habe ich dir mehrmals zu verstehen gegeben. Aber ich kann es nicht ausstehen, wenn man mich zu etwas drängt!"

Seine harten Worte hauen mich aus den Socken. Mit solch einer abgekühlten Reaktion habe ich nicht gerechnet. Also hatte ich Recht: Er hat bekommen, was er wollte, nun kann er seinen Charme wieder einpacken und zum Mistkerl mutieren. Das ist wohl seine berühmt berüchtigte unsympathische Ader, von der ich im Koma kosten durfte, als ich er war und mit keinem Menschen eine Freundschaft aufbauen konnte.

„Nimm sofort deine Hände von mir!", fordere ich ihn tonlos auf.

Er tut, was ich sage, und zeigt sich plötzlich unsicher über den Verlauf unseres Gespräches. „Ich habe genug gehört", mache ich ihm klar und erhebe mich von der Couch. Ich schlüpfe in meinen Slip, der auf dem Boden lag, und richte mein Kleid. „Zieh dich bitte wieder an und verlasse meine Wohnung!"

Tom fährt sich durchs Haar und wirkt nervös.

„Das willst du nicht wirklich", sagt er fast nicht hörbar. Er fällt in sich zusammen wie ein Ballon, dem die Luft entweicht.

Mich überkommt der Wunsch, ihn in den Arm zu nehmen und zu trösten, denn so hilflos habe ich ihn noch nicht erlebt. Doch seine letzten Worte brennen sich schmerzhaft wie ein Brandzeichen in mein Gehirn. Darüber kann ich unmöglich hinwegsehen.

„Du hast mir gerade deutlich gemacht, was du für ein Mensch bist, Tom. Deine Geduld hängt an einem seidenen Faden und Sex ist für dich keine Sache, die du mit Gefühlen für eine Frau verknüpfst, sondern allenfalls als erfüllend ansiehst – nicht mehr und nicht weniger. So hattest du dich doch eben ausgedrückt?"

„Ja, verflixt noch mal, das waren meine falsch gewählten Worte! Und du drehst mir jetzt einen Strick daraus – hängst dich daran auf."

Tom rollt sich von der Couch und greift nach seiner Hose, die er wutschnaubend überzieht. „Das war's also? Du setzt mich vor die Tür, weil ich dir nicht die Antwort gegeben habe, die du lieber gehört hättest? Herrjeh, Eva, du weißt doch, dass ich in der Vergangenheit kein Heiliger war. Ich habe nie eine langfristige Beziehung geführt und keine Erfahrung darin, eine Frau an mich zu binden. Bevor es richtig ernst werden konnte, habe ich mich zurückgezogen. Und ja, zum Teufel noch mal, ich bin zuweilen recht schwierig! Meine Wortwahl ist mitunter unpassend, da ich zu impulsiv bin. Ich sollte erst nachdenken, bevor ich meine Gefühle ungefiltert preisgebe. Aber hey, Eva, ich bin nicht perfekt, ein Mann mit vielen Ecken und Kanten. Das habe ich dir gesagt. Du wusstest, worauf du dich einlässt."

„In der Tat", erwidere ich und schaffe etwas Ordnung, indem ich die Kissen zurück aufs Sofa lege und sie auf ihre angestammte Stelle platziere. „Und ich habe diese Sache unterschätzt, angenommen, ich könnte damit umgehen. – Kann ich aber nicht. Ich bin eine

Frau, die klare Verhältnisse liebt. Du bist ein Luftikus, der sich dadurch abgeschreckt fühlt. Solch eine Konstellation ist bereits im Vorfelde zum Scheitern verurteilt. Du wirst dich immer davor fürchten, dass ich dir zu nah auf den Pelz rücke, und ich werde mir nie sicher sein können, ob ich dir genüge – du deine Fühler nicht erneut nach anderen Frauen ausstreckst."

Tom atmet tief ein und stößt die Luft laut heraus. Er sucht nach neuen Argumenten, Worten, die uns wieder näher bringen. Aber ihm ist klar, dass ich den Nagel auf den Kopf getroffen habe, keiner dem anderen die Sicherheit geben kann, die er braucht.

„Tja", lässt er ratlos seinen Kopf hängen, „dann werden wir wohl nie herausfinden, ob du dich vielleicht irrst. Sobald ich deine Wohnungstür passiert habe, wird jeder sein gewohntes Leben aufnehmen und nicht mehr zurückschauen, nicht wahr?"

Sein Blick verbindet sich mit meinem und lässt erkennen, welchen Schmerz er aushalten muss.

„Wahrscheinlich", ist meine dürftige Antwort. Bestimmt hat er gehofft, ich würde ihm widersprechen, die Situation mit ein paar warmherzigen Sätzen entschärfen. Aber ich sehe keine Zukunft mit ihm, denn ich kann ihm nicht vertrauen.

„Es tut mir leid, Eva. Was ich vorhin gesagt habe, war dumm und unüberlegt", bemerkt Tom bedrückt. „Du bist eine sensible, feinfühlige Frau, die keinen Rohling wie mich an ihrer Seite braucht."

Er steckt sich sein Hemd in die Hose und schließt danach den Gürtel. Gleich wird er gehen und ich mich fragen, warum ich ihn nicht aufgehalten habe. Dabei ist die Frage leicht zu beantworten: Wir sind nicht füreinander geschaffen – zwei vollkommen unterschiedliche Menschen, deren Weg sich zufällig gekreuzt hat. Ich könnte heulen über diese Ungerechtigkeit, aber ich beherrsche mich, will ebenso wenig Schwäche zeigen wie er.

„Hätte ich vorhin anders reagiert und dir das Richtige gesagt – das, was du hören musstest, um mehr Sicherheit zu bekommen –, stünden wir wohl jetzt nicht an diesem Punkt", glaubt Tom zu wissen und sieht mich deprimiert an.

„Nein, Tom, das hätte nichts geändert", erwidere ich zu seiner Verwunderung. Er zieht eine Augenbraue hoch und scheint nicht zu verstehen, worauf ich hinauswill. „Deine Unbeherrschtheit ist unangenehm, doch sie hätte mich nicht abgeschreckt."

„So?", fragt er sichtlich durcheinander und kratzt sich nachdenklich auf dem Kopf herum.

Ich bewege mich Richtung Flur, um Tom zur Tür zu geleiten – den Abschied nicht länger hinauszuzögern. Er folgt mir grübelnd und als ich die Türklinke runterdrücken möchte, legt er seine Hand über meine und hindert mich daran.

„Aber was steht uns im Weg?", fragt er voller Hoffnung, das Blatt noch einmal wenden zu können. Er streicht über meine Finger, die weiterhin mit dem Türgriff verbunden sind.

„Deine Vergangenheit", ist meine zögerliche Antwort, denn mir ist klar, dass er diese nicht ungeschehen machen kann.

„Verstehe", gibt er leise zurück und sieht zu Boden. „Ich nehme an, du beziehst dich auf meine Frauengeschichten", erwartet er, dass ich seine korrekte Vermutung bestätige.

„Ich habe Angst, dass du dich irrst", bemühe ich mich, ihm meine Gedanken zu erklären, „dass dein Wunsch nach Liebe und Geborgenheit nicht groß genug ist und ich schließlich bloß eine weitere Bettepisode für dich bin."

Tom schaut wieder auf und legt seine warme Hand auf meine Wange.

„Und statt mir die Gelegenheit zu geben, dir das Gegenteil zu beweisen, dir zu zeigen, dass deine Angst unbegründet ist, lässt du lieber alles enden, bevor es richtig begonnen hat", klingt seine Frage wie eine Feststellung.

Ich erwidere nichts. Denn wie er es ausdrückt, hört es sich tatsächlich unvernünftig an, als hätte ich meine Entscheidung nicht gut genug durchdacht. Vielleicht liegt er damit sogar richtig, aber ich kann mein schlechtes Bauchgefühl nun mal nicht ignorieren. Solange meine Unsicherheit einen so großen Raum einnimmt, kann ich mich nicht fallen lassen und die Zeit mit Tom genießen. Das würde weder ihn noch mich glücklich machen.

Stumm erwidere ich seinen traurigen Blick. Ich beabsichtige nicht, noch etwas zu sagen, denn ich habe nur noch diesen einen Wunsch: dass er geht!

Mein Akku ist leer, ich bin völlig ausgelaugt. Ob ich diesen Schmerz, der an mir nagt, einfach abstreifen kann, ist fraglich. Ich gehe eher davon aus, dass von jetzt an ein langer Leidensweg beginnt. Denn ich habe mich gegen meinen Traummann entschieden.

Tom nickt stumm. Er hat erkannt, dass er den Kampf verloren hat und mich nicht mehr umstimmen kann.

„Wow, Eva", bäumt er sich ein letztes Mal auf, „du bist beeindruckend konsequent. Ich hätte gern ein kleines Stück deiner Stärke, dann wäre in meinem Leben sicher einiges anders verlaufen und wir beide lägen weiterhin glücklich auf deinem Sofa." Er drückt die Klinke mit mir gemeinsam herunter und öffnet die Tür einen Spalt. „Du fürchtest dich davor, von mir ausgenutzt zu werden. Verflucht, Eva … warum fühlt es sich jetzt so an, als wäre ich nun von *dir* benutzt worden?"

Er zieht die Tür vollständig auf und verlässt die Wohnung, ohne sich noch einmal nach mir umzudrehen – ganz so wie in meinem Traum.

8

Die folgende Nacht weinte ich mir die Augen aus und an Schlaf war nicht zu denken. Stattdessen telefonierte ich mit meinen Eltern und berichtete ihnen von meinem Kummer. Sie bestärkten mich darin, die richtige Entscheidung getroffen zu haben. Schließlich ginge es hier um meine Seele, die durch den falschen Mann an meiner Seite Schaden nehmen könnte. Als ich ihnen jedoch von meinem seltsamen Traum erzählte, in dem mir Tom begegnete, obwohl wir uns noch gar nicht kannten, stellten sie meinen Entschluss wieder infrage.

„Sehr interessant", bemerkte mein Vater im Hintergrund.

„Allerdings", bestätigte ihn meine Mutter, die sich direkt vor dem auf Lautsprecher gestellten Telefon befand. „Dann war diese Geschichte, die du Dr. Lehmann im Krankenhaus erzählt hast, also keine billige Masche, um mit ihm anzubändeln?"

„Neiiin", glaubte ich, mich verhört zu haben. „Mum, was ist das für eine Frage? Du solltest mich besser kennen."

„Sicher Kind, entschuldige", ruderte meine Mutter zurück. „Hast du dich denn schon gefragt, ob in deinem Traum ein tieferer Sinn stecken könnte?", gab sie mir zu verstehen, ein himmlisches Zeichen nicht auszuschließen.

„Ja, Mum", antwortete ich in ihrem Sinne. „Ich denke über nichts anderes nach und frage mich, wieso diese mögliche Botschaft nicht etwas deutlicher hätte ausfallen können. Stattdessen quälen mich Tausende Fragen: zum Beispiel, warum ich er war, also sein Leben lebte und nicht meines."

„Aber Mäuschen, das liegt doch auf der Hand", war meine Mutter sofort im Bilde. „Du solltest einen Einblick in sein Leben gewinnen, verstehen, warum er ist, wie er ist. Offenbar gelingt dies anderen Menschen nicht und du wurdest auserkoren, ihn an die Hand zu nehmen, ihn zu führen."

„Ach, das ist doch dummes Zeug!", war meine vorschnelle Antwort. „Ich bin schließlich nicht Jesus."

„Du bist die Frau, die für ihn bestimmt ist!", rief mein Vater.

„Ja", bestätigte meine Mutter diesen Quatsch. „Er braucht dich, Schatz, muss von dir geerdet werden."

„Und das entnehmt ihr alles aus dem, was ich euch erzählt habe?", konnte ich die Worte meiner Eltern nicht fassen. „Ihr wart ja nicht mal dabei, habt nicht erlebt, was ich erlebt habe. Wie könnt ihr euch da so sicher sein?"

Plötzlich ging mein Vater dazwischen und riss den Hörer an sich. Er schaltete den Lautsprecher ab, um das Gespräch mit mir direkt zu führen.

„Was glaubst du wohl, Eva, wie ich deine Mutter kennengelernt habe, hm?", fragte er mich aufgewühlt mit einem unwirschen Unterton.

„Du hast sie in einem Tanzlokal angesprochen und von da an wart ihr unzertrennlich, Paps. Die Geschichte habt ihr mir oft genug erzählt."

„Das ist aber nicht alles, Kind", rief meine Mutter von Weitem, als wäre sie mit Superlauschern ausgestattet.

„Ich hatte ein paar Tage zuvor von deiner Mutter geträumt, obwohl ich sie nicht kannte. Dass wir uns in diesem Lokal getroffen haben, war kein Zufall, Eva. Ich hoffte, ihr dort zu begegnen, und habe mich nur aufgrund des Traums bei diesem Schneegestöber aufgemacht. Ich wollte wissen, ob deine Mutter Realität ist, die Hinweise, die ich erhielt, mich tatsächlich zu ihr führen würden. Und als ich sie dann erblickte, war ich außer mir vor Glück. Ich hatte meine Traumfrau gefunden."

Mein Vater schnaubte sich die Nase, so gerührt war er von seiner Geschichte. Deshalb griff meine Mutter ein und nahm das Telefon wieder an sich.

„Du siehst, meine Süße, unsere Familie wurde nicht das erste Mal von unerklärlichen Phänomenen heimgesucht. Denk noch mal in Ruhe nach, was der Traum dir sagen wollte. Vielleicht liegen wir auch falsch und es steckt eine vollkommen andere Botschaft dahinter. Wir wollen dich nicht bedrängen."

„Danke, Mum", sagte ich lediglich und beendete dieses irre Gespräch. Ich war so perplex, dass ich kurzzeitig überlegte, ich könnte alles nur geträumt haben. Aber inzwischen hat sich herausgestellt, dass ich nach wie vor wach bin und die Realität zu einem Buch mit sieben Siegeln geworden ist.

Mein Vater hat also das Gleiche erlebt wie ich! Ist denn das die Möglichkeit? Das kann man ja niemandem erzählen – so verrückt ist das! Wahrscheinlich haben sie es deshalb all die Jahre vor mir verheimlicht.

Ich liege auf meiner Couch und trinke heiße Milch mit Honig, um endlich einschlafen zu können. Den ganzen Sonntag habe ich zu Hause verbracht und herumgegrübelt.

Jetzt bin ich erschöpft von der Denkerei, die mich nicht weiterbringt, und wünsche mir nur noch, schlafen zu können. Wenn mir das die nächste Nacht auch nicht gelingt, werde ich morgen im Büro für nichts zu gebrauchen sein.

Ich stelle die Tasse auf meinem Bauch ab und merke gar nicht, wie mir die Augen zufallen.

„Da sind Sie ja wieder", sagt Tom, als er zu meinem Stammtisch kommt und sich ungefragt dazusetzt. „Ich habe Sie vermisst, all die Wochen auf Sie gewartet." Ich blicke mich um, frage mich, wo ich bin. „Sie sind in Ihrem Lieblingscafé, Frau Kramer", beantwortet mir Tom meine Frage, die ich nicht gestellt habe.

„Aber das ist nicht mein Lieblingscafé und Sie sind nicht Tom", habe ich das Spiel sofort durchschaut. Diesmal weiß ich, dass ich träume. Immerhin sind Tom und ich längst zum Du übergegangen.

„Wir befinden uns genau da, wo Sie jetzt gerne sein möchten", lässt Tom durchblicken, dass er in meinen Kopf schauen kann.

„Woher wollen Sie das wissen, sind Sie Gott?", klingt meine Frage etwas abgedroschen, denn das habe ich ihn bereits beim letzten Mal gefragt.

Tom lacht und sein strahlend weißes Gebiss erhellt den Raum.

„Bitte sagen Sie wieder Tommy zu mir, das hat mir gut gefallen."

„Ich sage zu Ihnen, was Sie wollen, wenn Sie mir erklären, warum ich wieder hier bin und mit Ihnen spreche."

Mit einem überlegenden Grinsen lehnt er sich zurück und verschränkt die Arme.

„Verraten Sie mir erst Ihren Namen, dann lasse ich mit mir reden", gibt er mit einem neckischen Grienen zurück.

„Aber den kennen Sie doch, wenn Sie der sind, für den ich Sie halte", ist meine empörte Antwort.

Doch Tom lässt sich nicht erweichen. Er beginnt ein Lied zu pfeifen und mit der Fußspitze auf und ab zu wippen.

„Eva!", rufe ich meinen Namen laut heraus, damit er mit dieser schiefen Pfeiferei aufhört. Er rutscht näher zum Tisch heran und stützt sich darauf, dabei lächelt er verschmitzt.

„Und was denken Sie wohl, für was dieser Name steht?", tut er so, als hätte er den aggressiven Klang meiner Stimme überhört.

Ich rolle mit den Augen. Hoffentlich kommt er jetzt nicht aufs Paradies zu sprechen, in dem Adam von Eva verführt wurde, diesen elenden Apfel zu essen.

„Keine Angst", beantwortet er mir erneut meine unausgesprochene Frage. „Darauf will ich nicht hinaus."

Ich staune und meine Muskeln verspannen sich.

„Worauf denn dann?", frage ich voller Erwartung, in den Kern meines Traums vorzudringen.

„Eva, Ihr Name steht für eine starke Frau, die sich allen Widrigkeiten zum Trotz für Schwächere einsetzt. Sie verfügen über die Kraft, Menschen auf den richtigen Weg zu helfen. Geben Sie jetzt nicht auf und folgen Sie Ihrem Herzen", spricht er weiterhin in Rätseln.

Ich will mich beschweren, meinen Unmut deutlich machen, denn ich habe mehr Klarheit erwartet. Aber Tom zieht einen Zehn-Euro-Schein aus der Innentasche seiner Jacke und legt ihn auf den Tisch, obwohl er überhaupt nichts verzehrt hat.

„Schade, Eva, aber ich muss leider gehen. Meine Schicht beginnt gleich."

Er erhebt sich und sieht auf mich herab. „Ich werde hier morgen nach Ihnen Ausschau halten. Lassen Sie mich nicht warten. Ich brauche Sie, Eva", berührt er mich mit seinen Worten und geht zum Ausgang. Doch bevor er die Tür durchschreitet, dreht er sich noch einmal nach mir um und zwinkert mir zu.

9

Am nächsten Morgen stehe ich vorm Waschbecken und putze mir seit zehn Minuten die Zähne. Meine Gedanken schweifen pausenlos zu diesem neuen Traum ab, der mich ununterbrochen zum Nachdenken zwingt. Jetzt bin ich sicher, dass ich die falsche Entscheidung getroffen habe und Tom mich braucht. Ich werde heute in meiner Mittagspause ins Café Wolke gehen. Die Adresse habe ich bereits ergoogelt, nun darf mich bloß der Mut nicht verlassen. Was, wenn Tom mich nicht mehr will? Es wäre ihm nicht zu verdenken, immerhin habe ich ihm am Samstag den Laufpass gegeben – und das voller Überzeugung. Womöglich bin ich für ihn momentan eine ebenso große Enttäuschung wie so viele andere Leute in seinem Leben. Tom hatte sich in meinem Traum nach mir umgedreht, bevor er ging. Ich werte das als Zeichen, dass noch nicht alles verloren ist.

Als mein Mund zu brennen beginnt, bemerke ich, dass ich die Zeit fürs Zähneputzen überschritten habe und zum Zähneschrubben übergegangen bin. Ich spüle meinen Mund aus und versuche, die Tatsache abzustreifen, dass ich eine zweite unerklärliche Erscheinung hatte, die andere Menschen bestimmt als bloßen Traum abtun würden. Ich hingegen denke jetzt anders darüber, nachdem mir die Geschichte meiner Eltern bekannt ist. Hier muss eine Macht ihre Hände im Spiel haben, die es gut mit uns meint. Und ich bin dankbar, einen kleinen Schubs bekommen zu haben, der mich auf den richtigen Weg lenkt.

Nun muss ich nur noch Tom davon überzeugen, dass meine Entscheidung gegen ihn ein großer Irrtum war und ich ihn zurück haben möchte. Das wird schwer genug, denn ich muss seinen Panzer erneut durchbrechen und seine Sturheit könnte ein Hindernis werden.

Aber was hat mein „Traumtom" gleich zu mir gesagt? Ich verfüge über die Kraft, Menschen zu helfen. Und in diesem Fall helfe ich mir selbst und Tom zugleich. Denn wir sind beide tief verletzt. Ich solle jetzt nicht aufgeben, war der weitere Rat des falschen Toms, und meinem Herzen folgen. Den Tipp werde ich heute umsetzen und mein Liebesleben in Ordnung bringen.

Um 12.30 Uhr betrete ich das Café Wolke. Es ist die gleiche Uhrzeit wie in meinem ers-

ten Traum, als Tom an meinen Tisch heran-
trat. Ich gehe sofort nach hinten durch, suche
den kleinen Tisch am Fenster. Doch er ist leer.

Pia spricht mich an. Ich erkenne sie sofort.
Das ist gespenstisch.

„Kann ich Ihnen helfen?", fragt sie förmlich, als hätte sie mich noch nie gesehen. Nun
ja, das hat sie bisher auch nicht, was mich direkt ein bisschen traurig stimmt. Ich würde
sie gern nach dem Käsekuchen fragen, den sie
so hervorragend backen kann. Stattdessen
halte ich mich zurück und frage nach Tom.

„War dieser Tisch heute schon besetzt?",
drücke ich mich ungeschickt aus.

„Wie Sie sehen, ist er frei. Nehmen Sie ruhig dort Platz."

„Nein, so meine ich das nicht", versuche
ich einen neuen Ansatz. „Ich wollte wissen,
ob Tom heute schon hier war."

Pia scheint auf dem Schlauch zu stehen
und reibt sich nachdenkend die Nase.

„Meinen Sie Dr. Lehmann?", sprechen wir
endlich die gleiche Sprache.

„Ja", bin ich unruhig, dass mein Plan, ihn
hier zu treffen, nicht aufgehen könnte.

„Oh, er hat heute früh angerufen und seinen Stammtisch freigegeben. Offenbar hat er
anderes zu tun."

„Wissen Sie, was er vorhat?", erlaube ich mir, diese ziemlich dumme Frage zu stellen. Denn warum sollte er mit Pia über seine Termine sprechen? Das ist doch absurd!

Sie sieht mich durch zusammengekniffene Augen an und findet meine Fragerei inzwischen wohl ebenfalls daneben.

„Keine Ahnung" antwortet sie erwartungsgemäß genervt und lässt mich doof stehen.

Bedrückt verlasse ich das Lokal und zücke mein Smartphone. Ich werde ihn jetzt anrufen und dann werden wir ja sehen, wie er reagiert. Falls er überhaupt rangeht, denn es ist davon auszugehen, dass er heute arbeiten muss. Ich wähle seine Nummer und werde sofort zur Mailbox weitergeleitet. Also ist sein Handy ausgeschaltet.

Ich erwäge, ins Krankenhaus zu fahren und ihm dort einen Besuch abzustatten. Zwar wird er mit Sicherheit zu tun haben, falls ich ihn überhaupt antreffe, aber ich kann unmöglich länger warten. Ich muss ihn sehen – jetzt, hier und sofort! Diese Unsicherheit, ihn verloren zu haben, frisst mich innerlich auf. Wenn ich heute nicht wenigstens einmal in seine blauen Augen geschaut habe, gehe ich kaputt und bin nicht mehr zu reparieren.

Ich steige in mein Auto und gebe Gas, schließlich ist meine Mittagspause begrenzt. Zum Glück ist die Klinik nicht weit von hier entfernt, somit bin ich in drei Minuten da.

Als ich den Fahrstuhl verlasse und mich der Abteilung für innere Medizin nähere, donnert mein Herz wie ein Fleischklopfer in meinem Brustkorb herum, sodass ich schon befürchten muss, mir könnte schwindelig werden vor Aufregung. Aber dann wäre ich immerhin gleich am richtigen Ort und Tom dürfte mich mit einer Herzmassage und Mund-zu-Mund-Beatmung wiederbeleben.

Ich wische diese überflüssigen Gedanken aus meinem Hirn und straffe die Schultern, als ich vorm Schwesternzimmer stehe.

„Hallo", sage ich etwas unbeholfen in den Raum hinein.

„Hallo Frau Kramer", begrüßt mich Schwester Sonja, die mich sofort erkannt hat. „Sind Sie wieder auf dem Damm?"

„Oh ja, das bin ich", antworte ich erleichtert, nicht abgewimmelt zu werden. „Dank Ihrer guten Pflege."

Sie kommt auf mich zu und drückt mir die Hand.

„Dann wollen wir mal hoffen, dass das so bleibt", erwidert sie fröhlich und lacht herzhaft. „Sie haben uns wirklich Sorgen gemacht."

„Das wollte ich nicht", bekomme ich fast ein schlechtes Gewissen. „Beim nächsten Mal werde ich das Koma überspringen und Ihnen weniger Umstände bereiten."

Schwester Sonja lacht lauthals und klopft mir auf die Schulter.

„Sie machen mir Spaß, Frau Kramer. Aber ein nächstes Mal wird es hoffentlich nicht geben."

„Ich werde mich bemühen", schließe ich unseren Smalltalk ab und will endlich zum Wesentlichen kommen.

„Ist Dr. Lehmann zu sprechen?", frage ich deshalb direkt im Anschluss an meinen letzten Satz.

„Leider nein. Er hat sich für ein paar Tage freigenommen", enttäuscht sie mich mit ihrer Antwort. „Kann ich ihm etwas ausrichten oder möchten Sie mit Dr. Schubert sprechen?", bietet sie mir an.

„Vielen Dank, aber dann versuche ich es ein andermal", tue ich so, als wäre mein Anliegen rein geschäftlicher Natur. Immerhin war ich seine Patientin und von einer privaten Verbindung wird hier niemand etwas wissen.

Ich verabschiede mich freundlich und schlurfe zu meinem Wagen zurück. Nichts will klappen! Im Café ist er nicht, im Krankenhaus nicht und telefonisch ist er ebenso nicht zu erreichen. Ich schaue auf die Uhr. Meine Mittagspause ist gleich vorbei, also werde ich jetzt nichts mehr bewegen können.

Aber warum hat mich der falsche Tom heute ins Café bestellt? Er hätte doch wissen müssen, dass ich umsonst dort aufschlage. Ich steige ins Auto und starte deprimiert den Motor. Na ja, so fruchtlos war meine Suche nach ihm auch nicht. Letztlich habe ich eine Menge erfahren: Das Café, Pia, der Tisch … alles sah genauso aus wie im Traum. Tom hat seine Reservierung erst heute abgesagt, demnach muss der Entschluss, sich Urlaub zu nehmen, spontan gekommen sein. Hoffentlich ist er nicht verreist. Sonst müsste ich weitere Tage im Ungewissen verbringen. Das halte ich nicht aus. Aber vielleicht ist das auch meine Strafe, weil ich Tom keine Chance gegeben habe und mich vorschnell von ihm abgewendet habe. Das hab ich nun davon.

Ich fahre zurück ins Büro mit der Gewissheit, dass dieser Tag die reinste Folter sein wird.

10

Am Abend fahre ich zu Toms Adresse. Meine Versuche, ihn auf dem Handy zu erreichen, blieben weiterhin erfolglos. Darum habe ich beschlossen, ihn zu Hause aufzusuchen.

Als ich am Appartementhaus ankomme und direkt einen Parkplatz vorm Eingang ergattere, steige ich mit weichen Knien aus.

Hier war ich bisher nicht, hatte keine Ahnung, dass er so exquisit wohnt. Auf dem goldfarbenen Klingelschild finde ich bloß vier Namen. Toms steht gleich unten rechts und prangt mir in großen Buchstaben entgegen. Zitternd drücke ich auf den Knopf und warte. Nichts. Also drücke ich erneut, aber niemand öffnet die Tür.

Jetzt müsste ich gehen – meinen Heimweg antreten, doch ich kann nicht. Ich weiß nicht, wo ich hinsoll, denn plötzlich fühle ich mich verloren. Zu allem Übel beginnt es auch noch zu regnen. Doch statt mich ins Auto zu setzen, um mich vor den Tropfen zu schützen, stehe ich starr auf der Stelle und gebe mich der Situation geschlagen.

Falls mich der falsche Tom täuschen wollte, ist es ihm gelungen. Meine Suche nach meinem Tom war ein Misserfolg und zurück bleibt ein kleines Häufchen Elend: nämlich ich.

„Eva?", höre ich unerwartet eine Stimme durch den Regen rufen. Tom nähert sich mit einem großen Schirm und zieht mich darunter, als er mich erreicht hat.

Ich sehe ihn abwesend an und begreife noch nicht, es mit dem echten Tom zu tun zu haben.

„Komm", sagt er lediglich und schließt die Haustür auf. Den Schirm schüttelt er kräftig aus, bevor er ihn zusammenfaltet. Er drückt mich voran bis zu seiner Wohnungstür und öffnet sie stumm. Wir betreten den Flur und langsam komme ich zu mir, während Tom sich die Schuhe auszieht. Ich tue das Gleiche und streife mir die Pumps von den Füßen.

„Zieh die Klamotten aus", fordert er. „Du bist ja ganz nass."

„Tom?", bin ich endlich wieder auf Sendung.

„Hey", sagt er sorgenvoll und wischt mir die Wassertropfen aus dem Gesicht. „Was ist denn mit dir los?"

Ich lächle, bin froh, ihn gefunden zu haben. Dieser Tag war die Hölle, aber sein Anblick entschädigt alles.

„Ich hab dich gesucht, Tom", teile ich ihm erleichtert mit. „Erst war ich im Café, dann in der Klinik. Aber man sagte mir, du hättest Urlaub. Telefonisch habe ich dich nicht erreicht, deshalb bin ich nach der Arbeit zu dir gefahren. Aber hier warst du ebenfalls nicht. Na ja, nun habe ich dich gefunden oder du mich – wie rum auch immer."

Am liebsten würde ich ihm um den Hals fallen, aber das wäre wohl unpassend nachdem, was ich ihm am Samstag alles gesagt habe.

Tom nickt nur und geht ins Badezimmer, um mit einem Handtuch zurückzukommen. Er reicht es mir, doch ich weiß nichts damit anzufangen, als ich es in den Händen halte. Ich stehe ängstlich da und warte darauf, dass er etwas erwidert. Aber er blickt mich bloß stumm an.

„Wolltest du verreisen?", frage ich, statt mich ihm zu öffnen, ihn über meinen Sinneswandel aufzuklären.

„Warum bist du hier?", ist seine kühle Gegenfrage, was meinen Stresspegel weiter anwachsen lässt. Ich tipple einige Male auf meinen kalten Füßen herum und übersehe, dass ich zu frieren beginne.

„Ich … ich", kann ich immerhin schon mal sagen, bevor meine Hirnzellen ihre Arbeit einstellen. So, das ist ja ein toller Auftritt! Ich bin überhaupt nicht vorbereitet und da mir das Herz in die Hose gerutscht ist, hindert mich das Brett vorm Kopf daran, etwas Vernünftiges von mir zu geben. Kann er nicht den Anfang machen?

Tom wechselt von einem Bein aufs andere und verschränkt die Arme vor der Brust. Das blockiert meinen Redeversuch zusätzlich.

„Fang doch einfach noch mal an", wirft er mir einen klitzekleinen Brotkrumen hin.

„Tom, ich möchte mich entschuldigen", ist es endlich raus. Puh! Das war in der Tat ein guter Beginn. Tom hingegen scheint anderer Meinung zu sein, denn er verzieht keine Miene. „Mir ist klar, dass ich dich verletzt habe", versuche ich es weiter. „Darum nehme ich nicht an, dass du gewillt bist, mir zu verzeihen." Ich werfe ihm einen flehenden Blick zu, aber das erweicht ihn ebenfalls nicht.

„Warum solltest du Wert darauf legen, dass ich dir verzeihe?", fragt er erstaunt.

„Warum ich Wert …?", wiederhole ich seine Frage unvollständig. „Weil ich Mist gebaut habe, Tom. Weil ich bereue, was ich dir gesagt habe. Weil ich mit dir zusammen sein möchte. Weil ich …"

Mir kullern Tränen aus den Augen, denn ich habe das Gefühl, dass ich verloren habe, ihn meine Worte nicht mehr erreichen. „Jetzt ist es zu spät und du bist ein Eisblock. Das ist ja auch dein gutes Recht, nachdem ich dir am Samstag die kalte Schulter gezeigt habe. Bestrafe mich ruhig mit deiner frostigen Aura. Das habe ich verdient."

Tom löst sich aus seiner Starre und zieht mich an sich. Er wiegt mich in seinen Armen und küsst mich aufs Haar.

So lässt es sich aushalten, denke ich und assimiliere seine Körperwärme, die ich bitter nötig habe, da ich bis auf die Knochen durchnässt bin.

„Du zitterst ja", stellt er richtig fest und drückt mich leicht von sich weg. „Los, runter mit den Sachen", verlangt er diesmal nachdrücklicher. „Ich lasse dir ein Bad ein."

Bevor ich protestieren kann, drückt er mich in die Richtung des Badezimmers. Ich bin baff über die exklusive Ausstattung – die schiere Größe dieses Raums. Tom nestelt am Wasserhahn herum und schon strömt das warme Nass wie ein reißender Strom in die Wanne. Es dürfte keine drei Minuten dauern, bis ich mein Schaumbad nehmen kann.

Ich beobachte Tom bei dem, was er tut, stehe unsicher auf dem weichen Vorleger und warte darauf, dass er meine letzten Worte kommentiert – irgendetwas dazu sagt. Doch er denkt nicht daran, lässt mich weiterhin im Ungewissen.

„Bitte, Tom, sag mir, was du denkst", animiere ich ihn, mir seine Gedanken mitzuteilen.

Er sitzt auf dem Wannenrand und fährt mit der Hand durchs Wasser, um die Temperatur zu prüfen.

„Wärme dich erst mal auf, danach reden wir weiter", verfügt er und stellt das Wasser ab. „Dort im Regal findest du weitere Handtücher." Er zeigt mit dem Finger darauf und erhebt sich. „Wenn du noch etwas brauchst, sag Bescheid."

Er verschwindet durch die Tür und lässt mich allein zurück.

Das klang wie eine grobe Abfuhr. Doch meine Angst verschleiert mein Urteilsvermögen, daher könnte sein distanziertes Verhalten alles bedeuten. Möglicherweise benötigt er Bedenkzeit oder aber er ist sich mit Luise nähergekommen. Bei diesem Gedanken läuft mir ein Schauer über den Rücken. Unter diesen Umständen würde ich mich gerade lächerlich machen.

Ich gehe auf dem flauschigen Läufer auf und ab und bemühe mich, meine aufkeimende Panik zu unterdrücken – jedoch mit mäßigem Erfolg. Mit jeder Sekunde, die vergeht, verspanne ich mich mehr. Mein Herz schlägt in Rekordgeschwindigkeit und lässt mein Blut durch den Körper rasen. Ich habe ihn in ihre Arme getrieben! Was habe ich getan?

Ich lasse das Handtuch fallen, das ich die ganze Zeit in den Händen hielt, und stürme aus dem Bad. Getrieben von Furcht suche ich die Zimmer nach Tom ab und stelle dabei fest, wie weitläufig die Wohnung ist. Ein Raum reiht sich an den nächsten. Der Flur scheint gar kein Ende zu nehmen. Die Zimmer sind detailverliebt eingerichtet, moderne Kunst ziert die Wände. Jedes Möbelstück folgt dem neuesten Trend, ist farblich perfekt aufeinander abgestimmt. Mit jedem Raum, den ich inspiziere, fühle ich mich unwohler. Alles wirkt glatt und steril, wenngleich luxuriös. Kann es sein, dass sich Toms Persönlichkeit in der Einrichtung der Wohnung widerspiegelt? Ist es in seiner Seele genauso kalt und aufgeräumt?

Barfuß tapse ich in ein leeres Zimmer hinein, in dem lediglich ein paar ausgesuchte Gemälde an den Wänden hängen. Das Licht vom Flur dringt in den kahlen Raum, sodass ich im Halbdunkeln einen Blick auf die Motive erhaschen kann. Aktbilder prangen mir entgegen, Frauen in äußerst erotischen Posen. Ist sein ausgefallener Kunstgeschmack jetzt ein Hinweis darauf, dass er Frauen – entgegen seiner Aussage – weiterhin der Reihe nach vernascht? Und welche Rolle wird mir zuteil? Bin ich bloß ein Lustobjekt für ihn oder seine große Liebe? Sex oder Liebe, das ist hier die Frage!

Bevor ich hierherkam, war ich mir sicher, diese Frage beantworten zu können. Plötzlich stehe ich frierend in diesem seltsamen Raum und frage mich, wer Tom eigentlich ist.

Ich hatte mir eingebildet, ihn zu kennen, nur weil ich in meinen Träumen mal in seinen Schuhen gesteckt habe. Am Samstag hat er mir versichert, er hätte seine schlüpfrige Vergangenheit hinter sich gelassen und ich habe ihm nicht geglaubt. Aber dann kam dieser zweite Traum! Wurde ich womöglich hinters Licht geführt?

Tom steht plötzlich hinter mir und zieht mich rückwärts an sich heran.

„Warum liegst du nicht in der Badewanne und stehst hier im Dunkeln herum?" Ich spüre seine Wärme im Rücken und wie er seine Hände über meine Hüften gleiten lässt. „Du bist ganz kalt, verdammt! Weshalb nur bist du so unvernünftig?"

Ich erwidere nichts und überlege, ob er meine Entschuldigung vorhin nicht kommentierte, weil sie ihm nicht in den Kram passte. Schließlich hatte er am Samstagabend bekommen, was er wollte, und könnte sich nun frei und ungebunden den nächsten willigen Ladys widmen. Stattdessen stehe *ich* in seiner extravaganten Luxusbude und schmelze bei seinen Berührungen erneut dahin. Dabei sollten sie mich kalt lassen – tun sie aber nicht! Nach wie vor hinter mir stehend, haucht er mir seinen Atem in den Nacken, während seine Hände zu meinem Bauch wandern.

„Du ziehst dir jetzt endlich die feuchten Klamotten aus und begibst dich direkt in die Wanne, klar?", befiehlt er und öffnet den Knopf meiner Hose. Ich schließe die Augen und lehne mich an ihn, als er mir den Reißverschluss öffnet.

Er nimmt sofort wahr, dass ich fügsam bin, ihn an keiner seiner Handlungen hindere. Also fährt er fort, mir die Jeans auszuziehen, sie langsam nach unten gleiten zu lassen. Als sie am Boden liegt, klettere ich heraus und stoße sie beiseite.

„Braves Mädchen", flüstert er mir zu und küsst mich auf den Hinterkopf. Vielleicht bilde ich es mir bloß ein, aber seine Hände kommen mir auf einmal heißer vor.

Mein Gott, warum will ich diesen Mann nur so sehr? Weshalb verzehrt sich jedes Atom in meinem Körper nach ihm? Er wird mir wehtun, meine empfindsame Seele verletzen, trotzdem möchte ich von ihm vernascht werden – jetzt, hier, in diesem Zimmer!

Seine Finger streichen unter mein Shirt, heben es Stück für Stück höher.

„Tom, bitte nimm mich hier", flehe ich ihn an, als mich seine Berührungen fast überkochen lassen.

Ich erkenne mich selbst nicht wieder. Beinahe schäme ich mich dafür, ihm so verfallen zu sein.

„Nein", antwortet er leise und zieht mir das T-Shirt über den Kopf. „Erst wärmst du dich im Wasser auf."

Er wirft das Stück Stoff in die Ecke und macht sich am Verschluss des BHs zu schaffen. Doch bevor er ihn öffnen kann, drehe ich mich herum. Ich ziehe seinen Kopf zu mir herunter und durchbohre ihn mit meinem Blick.

„Mir ist nicht mehr kalt, Tom. Wenn du das noch nicht bemerkt hast, bist du ein Dummkopf."

Ich sehe ihn warnend an, mein stummes Angebot, an mir zu naschen, nicht auszuschlagen. Immerhin bin ich für gewöhnlich nicht die Sorte Frau, die sich einem Mann willig auf dem silbernen Tablett anbietet. Und doch tue ich es jetzt bereits zum zweiten Mal. Tom scheint in mir animalische Triebe zu erwecken, die neuerdings öfter auftreten. Dabei sollte ich besser gehen und nicht wiederholt den Eindruck vermitteln, ich wäre leicht rumzubekommen.

Sanft legt Tom seine Hände um meinen Nacken und lächelt mich an. Er kommt mir so nah, dass ich sein Gesicht verschwommen sehe.

„Sachte, sachte, mein Mädchen. Glaubst du ernsthaft, mir würde deine Wandlung verborgen bleiben? Unter anderen Umständen hätte ich deine Einladung, mich hier mit dir zu vergnügen, dankend angenommen. Aber ich möchte kein weiteres Mal von dir benutzt werden."

Ich kräusle meine Stirn und begreife seine Worte nur bedingt. Letztlich ist *er* doch stets der Verführer, der sich zurückzieht, nachdem er sein Ziel erreicht hat.

„Wie kommst du denn auf so etwas?", frage ich deshalb auch. „Niemand hat dich benutzt."

„Ach ja?", gibt er zurück. „Ich habe diese Situation, direkt nach dem Sex von dir aus der Wohnung geworfen worden zu sein, noch schmerzlich in Erinnerung."

Ich sorge für mehr Abstand zwischen uns, indem ich einen halben Schritt zurück mache.

„Du weißt, dass es so nicht war", widerspreche ich verärgert.

„Eva, es war genau so! Und es fühlte sich nicht gut an", erwidert er eine Spur zu laut.

„Dann hast du wenigstens mal erfahren dürfen, wie so etwas ist – wie es für jede einzelne Frau gewesen sein muss, die du in der Vergangenheit ausgenutzt hast", zügle ich meinen Ton nun ebenso wenig wie er.

„Und du meinst also, mir im Namen der von mir verführten Frauen einen Denkzettel erteilen zu müssen?", fragt er wütend und wendet sich von mir ab, um nervös auf und ab zu gehen. „Ist das deine Art, dich bei mir zu entschuldigen?"

Ich bin erschrocken, wie unser Gespräch aus dem Ruder läuft, sich nichts so entwickelt, wie ich es geplant hatte. Ich wollte mich mit ihm versöhnen und nicht streiten.

„Aber nein, das hast du falsch verstanden", bemühe ich mich, die Lage zu befrieden. „Ich …"

„Warum, verfluchter Mist, gibst du mir dann das Gefühl, du würdest mich verachten?", unterbricht er mich aufgewühlt. „Ich habe versucht, alles richtig zu machen, wollte dir zeigen, wie viel mir an dir liegt. Du jedoch reduzierst mich auf meine Vergangenheit, hast mir von Anfang an keine echte Chance gegeben."

Ich halte meine Hand vor den Mund und bin erschüttert über das, was er sagt. Kann es sein, dass er Recht hat und ich ihn wegen seiner Frauengeschichten vorschnell verurteilt habe?

„Tom, es war bloß meine Angst, die mich von dir weggetrieben hat", gebe ich zu. „ Ich wollte nicht das gleiche Schicksal erleiden wie deine zahlreichen Affären und von dir nach kurzer Zeit abgelegt werden."

„Und da dachtest du dir, dass du einfach zum Gegenangriff übergehst und mich stattdessen verletzt, bevor du verletzt wirst. Das hast du dir ja prima ausgedacht."

Dieser an den Haaren herbeigezogene Vorwurf lässt meinen Blutdruck höher schießen. Jetzt bin *ich* diejenige, die von ihrer eige-

nen Unruhe zum Hin- und Herlaufen ange-
stiftet wird, während Tom zum Stehen gekommen ist und mich abwartend ansieht.

„Das ist Humbug!", sage ich überlaut und
ziehe immer größere Kreise im Raum. „Ich
habe dir am Samstag alles erklärt. Wenn du
mir jetzt den Schwarzen Peter zuschieben
willst, um selbst besser dazustehen, kann ich
dich nicht daran hindern."

Ich suche nach meiner Hose und fische sie
vom Boden. Mein Shirt liegt hinter Tom wie
ein Wollknäuel in der Ecke. Ich will an ihm
vorbeihechten, um es mir zu schnappen, als
er mich am Arm packt und seine Finger in
mein Fleisch bohrt.

„Oh nein, mein Mädchen, so leicht mache
ich es dir nicht", gibt er seltsamerweise von
sich.

„Was willst du, Tom?", frage ich irritiert.
„Ich bin hergekommen, um mit dir zu reden,
weil ich glaubte, etwas gutmachen zu müssen. Stattdessen …"

„Stattdessen wolltest du mich erneut verführen", vervollständigt er meinen Satz und
interpretiert ihn völlig falsch.

„Nein!", überschlägt sich mein Ton.

„Oh doch", widerspricht er und reißt mir
die Jeans aus der Hand. Ich laufe aufgebracht
in meiner Unterwäsche aus dem Zimmer und

stehe danach wie Piksieben im Flur. Wo sollte ich schon hin in dieser Aufmachung? Ich brauche meine Klamotten zurück!

Ich höre, wie Tom die Hose auf den Boden fallen lässt und mir nach draußen folgt. Er stürzt auf mich zu und ergreift mich an den Händen. Kurz darauf schiebt er mich ins gegenüberliegende dunkle Zimmer. Im düsteren Schein des Flurlichts erkenne ich ein großes Bett an der Wand. Schritt für Schritt drängt mich Tom näher darauf zu.

„Ich glaube, wir sind hier falsch", sage ich verärgert. „Du möchtest doch sicher nicht riskieren, ein weiteres Mal von mir benutzt zu werden", spotte ich, doch mir ist zum Heulen zumute. Ich wollte nicht, dass alles so eskaliert, wünschte mir lediglich eine Aussprache zwischen uns.

„Ich hab's mir gerade überlegt", sagt er mit wenig Feingefühl in der Stimme. „Du willst mich doch, Eva, richtig? Ich wäre ja schön blöd, wenn ich die Gelegenheit, eine schöne Frau zu vögeln, verstreichen lasse." Er nimmt mich in die Mangel, als er spürt, dass ich nach dieser taktlosen Bemerkung beabsichtige, die Flucht zu ergreifen. „Möchtest du jetzt etwa kneifen? Keine Angst, Eva, es wird schnell gehen, genauso wie am Samstag."

„Hör auf, so ein Mistkerl zu sein!", schreie ich ihn an und verliere meine Selbstbeherrschung. Mir schießen die Tränen in die Augen und ich bin fassungslos, dass alles derart schiefgelaufen ist.

Tom gibt mich frei und sieht mich stumm an. Wie verletzt muss er sich fühlen, wenn er meint, solch ein Verhalten an den Tag legen zu dürfen?

Ich setze mich auf den Rand des Bettes und schüttle den Kopf.

„Sei nicht so ein Ekel, Tom, das habe ich nicht verdient."

Er kniet sich vor mich und nimmt meine Hände.

„Nein, das hast du nicht – nicht eine verdammte Sekunde lang!", gesteht er seinen Fehler ein. „Meine Güte, Eva, jetzt erst ist mir klargeworden, was ich den Frauen angetan habe, wie sehr ich ihnen wehgetan haben muss. Du hast mir die Augen geöffnet – mich mit der Nase auf meine vergangenen Verfehlungen gestoßen." Er legt seinen Kopf auf meine Knie. „Aber du musst mir glauben, dass ich heute anders bin, es mir wichtig ist, wie du über mich denkst. Ich wollte dich nie benutzen, aber ebenso wenig von dir benutzt werden. Alles an dir ist ehrlich. Du bist die Komponente, die in meinem Leben fehlt."

„Ich weiß", erwidere ich und streiche über sein kurzes Haar. Ich erinnere mich an die Bemerkung des falschen Toms, dass er mich brauchen würde und ich in der Lage wäre, ihm auf den richtigen Weg zu helfen. Es sieht so aus, als wäre ich das Pendant, der fehlende Baustein meines Toms.

Es dauert einen Augenblick, bis ihn meine Worte erreichen und er sich fragt, woher ich dieses Wissen nehme. Er hebt seinen Kopf an und beabsichtigt nachzufragen – öffnet seinen Mund zum Sprechen. Aber ich lege meinen Finger auf seine Lippen und hindere ihn daran.

„Schsch …", sage ich und umfasse sein Gesicht mit meinen Händen. „Du hast Recht, Tom. Ich will dich und ich werde nicht kneifen", erwidere ich, statt ihm eine Erklärung zu liefern, was mich so sicher macht, die fehlende Komponente in seinem Leben zu sein.

„Zum Teufel noch mal, Eva, du weißt ja nicht, was das für dich bedeutet. Du siehst doch selbst, wie schwierig ich zu händeln bin. Bei mir bräuchtest du außergewöhnlich viel Durchhaltekraft und ich kann dir nicht versprechen, dass es leichter wird."

Ich senke meinen Kopf, um Tom zu küssen. Seine Worte bereiten mir keine schlaflosen Nächte. Dass er ein kompliziertes Wesen hat, schreckt mich nicht ab. Ich brauchte nur Gewissheit über seine Gefühle. Die habe ich nun von ihm bekommen, denn er hat mir seine verletzliche Seite offenbart – mir unbeabsichtigt gezeigt, wie verunsichert er ist und wie sehr er meine Liebe braucht.

Mein Mund berührt seine Wange und mit sanften Küssen arbeite ich mich zärtlich zu seinen Lippen vor. Als ich sie erreiche, richtet sich Tom auf und zieht mich vom Bett in seine Arme. Ich muss mich auf Zehenspitzen stellen, um die Verbindung zwischen uns nicht abreißen zu lassen.

„Ich hab dich gewarnt, Eva", raunt er mir heiser ins Ohr. Sein Herzschlag verdoppelt sich und seine Hände schaufeln sich beinahe in mein Hohlkreuz, um mich kraftvoll an sich zu drücken. Plötzlich geht eine Hitze von ihm aus, die sich wie eine heiße Quelle in ihm ausbreitet und seinen Weg an die Oberfläche findet. Endlich lässt er seine Leidenschaft gewähren, hat es aufgegeben, sich länger zu disziplinieren, um mir widerstehen zu können.

„Nichts, was du sagst, könnte mich noch beunruhigen", bin ich mir meiner Sache sicher.

Tom umschnürt mich fester mit seinen kräftigen Händen, sodass sie sich wie ein Korsett anfühlen.

„Du hast ja keine Ahnung, worauf du dich einlässt, mein Mädchen", sagt er mit einem spitzbübischen Lächeln.

„Ich dachte, du wärst ein großer Verführer", provoziere ich ihn. „Warum hörst du also nicht auf, endlose Reden zu schwingen, und zeigst mir, was du so drauf hast."

Tom lockert seinen Griff etwas und sieht mich fragend an. Da ist sie wieder: diese Unsicherheit, die ich mit kleinen unbedachten Bemerkungen in ihm auslösen kann.

Ich lächle nur und kommentiere meine Worte nicht weiter, doch ihm ist das Lächeln vergangen.

„Verflucht, was willst du wirklich von mir, Eva?"

„Alles!", antworte ich einsilbig.

Ich möchte nicht wieder streiten, sehne mich danach, möglichst bald mit ihm zu verschmelzen. Dieses viele Gerede ist mir dabei nur im Weg.

Denkfalten graben sich in seine Stirn. Ich weiß, dass er sich im Unklaren darüber ist, was er von meinen Worten halten soll. Aber ich gebe ihm keine Gelegenheit, länger zu grübeln, und ziehe ihm langsam das Hemd aus der Hose. Als es vollbracht ist, mache ich mich an den Köpfen zu schaffen. Einen nach

dem anderen befreie ich aus den Knopflö-
chern, bis ich einen unversperrten Blick auf
seinen nackten Oberkörper gewinne. Mit beiden Händen wandere ich von seinem musku-
lösen Bauch aus sanft nach oben über seine
dunkel behaarte Brust. Seine Haut beginnt
unter meinen Fingern zu glühen. Jetzt fehlt
nicht mehr viel und ich habe sein Feuer entfacht. Er schließt seine Augen und atmet tief
durch. Also zögere ich nicht und streife ihm
das Hemd von den Schultern. Als es am Boden liegt und ich mich seiner Hose widmen
möchte, ist seine augenscheinliche Willenlo-
sigkeit beendet und er erwacht zu neuem Leben. Blitzartig ergreift er mich an den Hand-
gelenken und hindert mich daran fortzufahren.

„Von jetzt an überlässt du *mir* die Führung", fordert er missgestimmt und gibt zu
erkennen, dass ihn meine letzten Worte nicht
gefielen. „Ich habe schließlich einen Ruf zu
verlieren als großer Verführer."

„So habe ich das nicht gemeint", bemühe
ich mich, ihn wieder milde zu stimmen.

„Doch, hast du", glaubt er mir nicht und
legt seinen Arm um mich, während er mich
Richtung Bett drückt. Wir fallen gemeinsam
auf die Matratze, doch es gelingt ihm, seinen
Sturz mit dem anderen Arm abzufedern, um

nicht mit seinem vollen Gewicht auf mir zu landen. Ich liege auf dem Rücken und will diese unterlegene Position aufgeben und mich auf die Seite drehen. Bevor mir das jedoch gelingt, schnappt sich Tom meine linke Hand und hält sie fest, dabei lässt er sich auf meinem rechten Arm nieder, sodass ich handlungsunfähig bin.

„Und nun?", frage ich verblüfft.

„Jetzt schließt du einfach deine Augen und genießt die Freuden, die dir ein erfahrener Verführer bereiten wird."

„Das kann ich nicht, Tom", mache ich ihm deutlich, mich unwohl zu fühlen.

Er nickt, als würde er verstehen, belässt es aber dabei und beugt sich über mich. Ich spüre, wie er seinen Mund über meinen legt und mir seine Küsse vorsichtig auf die Lippen haucht. Seine zärtlichen Liebkosungen beginnen erst wie ein lauer Sommerwind. Ich erwidere sie und gebe mich ihm hin, als seine Zunge sanft in meinen Mund eintaucht.

Gern würde ich meine Arme um ihn schlingen, aber Tom denkt nicht daran, etwas an meiner eingeklemmten Lage zu ändern. Es scheint fast so, als würde er seine momentane Überlegenheit voll auskosten und es genießen, den Ablauf nach eigenem Ermessen festzulegen.

Mit seiner freien Hand streicht er über meine Hüften, nimmt sich Zeit, die Konturen meines Körpers zu erkunden. Mein Puls wird schneller, als er sich zu meinem Bauch vorarbeitet und über meinen Venushügel gleitet, um kurz darauf die Richtung zu wechseln und seine Finger sachte unter die Nähte meines BHs zu schieben.

Ich stöhne leise auf, doch Tom gönnt mir keine Pause. Sein Atem wird schwerer und seine Küsse verlieren ihre Leichtigkeit – werden zunehmend fordernder.

Er drückt seine Hand unter meinen Rücken und es gelingt ihm, an den Verschluss meines BHs zu kommen und ihn geschickt zu öffnen.

„Bitte gib mich frei", flehe ich ihn an, „damit ich dich auch mit meinen Händen fühlen kann."

„Nein", haucht er mir leise zu, „jetzt gehörst du mir. Und nichts hindert mich mehr daran, dir einen unvergesslichen Genuss zu bereiten."

Sachte tauchen seine Finger unter den Stoff und als er vorsichtig über meine Brustwarze streift, glaube ich, mich nicht mehr kontrollieren zu können. Am liebsten würde ich losschreien, als er beginnt, sie sanft zu umkreisen. Er ist erbarmungslos und wiederholt seine Berührungen immer und immer wieder. Als er meinen BH vollständig beiseiteschiebt und seine Zärtlichkeiten mit der Zunge fortsetzt, halte ich es kaum noch aus und stöhne meine Erregung laut heraus.

„So ist es gut, Eva", animiert er mich. „Gleich hab ich dich so weit."

Ich verstehe nicht, was er damit meint, bis er sein Knie zwischen meine Beine schiebt, um sie etwas zu öffnen. Nun hat er leichtes Spiel, als seine Hand unter meinen Slip wandert und sein Finger meine empfindliche Stelle findet. Kaum hat er sie berührt, bin ich dem Höhepunkt so nah, dass ich mich zügeln muss, nicht sofort zu explodieren. Aber Tom spürt meinen Versuch, es hinauszuzögern, und schüttelt den Kopf.

„Nein, mein Mädchen, das wird dir nicht gelingen", behauptet er und dringt mit seinem Finger tief in mich ein. Als er mich gleichzeitig mit seinem Daumen stimuliert, kündigt sich mein Höhepunkt mit einem kräftigen innerlichen Stromschlag an, baut sich immer weiter auf, um in einer gewaltigen Eruption zu enden.

Erschöpft falle ich in mich zusammen und kann nicht glauben, dass er die vollkommende Kontrolle über mich hatte, genau wusste, welche Schalter bei mir zu betätigen sind.

Er gibt mich endlich frei und zieht sich die Hose aus. Danach widmet er sich meinem Slip und streift ihn mir ab.

„Wie hast du es geschafft, mich so schnell zum Höhepunkt zu bringen?", frage ich und bewundere ihn dafür.

Doch er denkt nicht daran, sich auf ein Gespräch mit mir einzulassen, und klettert über mich, um sich zwischen meine Beine zu legen.

„Wir sind noch nicht fertig", bemerkt er bloß und dringt sanft in mich ein.

„Aber es ist noch zu früh, ich bin doch gerade erst gekommen", gebe ich zu bedenken.

„Ja, und jetzt wirst du ein zweites Mal kommen", ist er sicher und bewegt sich sachte auf und ab.

Ich glaube ihm kein Wort, schließlich kenne ich meinen Körper besser als er. Aber mit jedem Stoß glühe ich weiter auf und bin überrascht, wie sehr mich seine Bewegungen erregen.

„Bitte Tom, stoße stärker zu", fordere ich ihn auf, einen Gang höher zu schalten.

„Ja, aber nicht so", entspricht er meiner Aufforderung nur zum Teil und löst unsere Verbindung zu meiner Enttäuschung. „Dreh dich um", verlangt er aufgewühlt, was mich überzeugt, seiner Bitte ohne Umschweife nachzukommen.

Kaum habe ich mich auf den Bauch gedreht, zieht er mich an den Hüften nach oben und dringt tief in mich ein.

„Jetzt bekommst du es so, wie du es haben willst", gibt er heiser von sich und stößt seinen Schaft kraftvoll in mich hinein.

„Oh Gott, Tom, ich komme gleich noch mal", keuche ich und bin verblüfft, solch eine auflodernde Glut in mir zu spüren. „Das kannst du unmöglich gewusst haben."

„Vertrau mir, Eva", sagt er nur, als er mich weiter hochzieht und meinen G-Punkt so genau trifft, dass er mich fast im selben Moment zu einem ungeahnten Höhepunkt treibt, der in einer beinahe schmerzhaften Explosion mündet.

Ich beiße ins Kissen vor mir, um meinen Schrei in den Daunen zu ersticken.

Tom kommt kurz darauf und drückt seinen Schaft dabei so tief in mich, dass ich jede seiner Wellen genau spüren kann als wären es meine eigenen.

„Verflucht, mein Mädchen, ich konnte es kaum noch aufhalten", presst er seine Worte heraus, als sein Höhepunkt sich abschwächt.

Zufrieden löst er unsere Verbindung und schlüpft mit mir unter die Bettdecke.

„Komm her", flüstert er zärtlich und streckt seinen Arm aus. „Ich möchte dich ein bisschen halten."

Ich kuschle mich nah an ihn heran und schlafe wenig später ein.

11

Eine Stunde ist vergangen, als ich wieder wach werde. Tom liegt grübelnd auf dem Rücken und krault mir die Schulter. Ich richte mich etwas auf, um ihn im schummrigen Licht zu mustern.

„Hey, alles in Ordnung mit dir?", frage ich sorgenvoll.

„Hast du schön geschlafen?", geht er nicht auf meine Frage ein und bemüht sich zu lächeln.

„Ja, habe ich", antworte ich unsicher. „Und hast *du* die ganze Zeit nachgedacht?"

„Mach dir keine Gedanken, meine Schöne", wiegelt er ab. „Es gibt nichts, worüber du dir deinen hübschen Kopf zerbrechen musst."

„Aber offenbar machst du es für mich", gebe ich nicht auf und mache somit deutlich, dass ich nicht vorhabe, über seine Nachdenklichkeit hinwegzusehen.

„Das hast du richtig erkannt, mein Mädchen. Und darum höre jetzt bitte auf nachzubohren und überlasse die Grübelei mir, okay?"

Ich werde nervös und setze mich auf, dabei klemme ich mir meine Locken auf beiden Seiten hinter die Ohren.

„Planst du etwa schon, wie du die Sache mit mir beendest?", macht sich Angst in mir breit, dass alles bloß ein kurzes Intermezzo war und mich der falsche Tom aus meinen Träumen in die Irre führte.

„Ist das dein Ernst?", fragt Tom verärgert. „Kannst du dich immer noch nicht von diesem Gedanken freimachen, ich wollte dir nur an die Wäsche?"

„Nein ... ja ... nein ... ich weiß auch nicht", kann ich mich nicht entscheiden, welche Antwort ich geben soll. „Eigentlich dachte ich, mir sicher zu sein, aber jetzt ..."

„Jetzt beginnst du erneut zu zweifeln?", fragt er grimmig.

Ich antworte nicht. Mir wird bewusst, wie wenig vertrauenerweckend mein Verhalten auf ihn wirken muss. Immerhin hatten wir gerade unglaublichen Sex und zuvor habe ich ihm erklärt, dass ich mir absolut sicher bin, seine fehlende Komponente zu sein. Und nur, weil er jetzt ein bisschen rumsinniert, wachsen neue Zweifel in mir heran? Das kann doch nicht der Grund sein!

Nun richtet sich auch Tom auf und beugt sich zu mir herüber.

„Lass es nicht noch einmal enden, Eva!", klingt sein Ton bedrohlich. „Ein zweites Mal werde ich solch ein Vorgehen nicht einfach tolerieren, hörst du?"

Ich horche auf. Seine Worte fühlen sich an wie ein Faustschlag.

„Was willst du damit sagen?", frage ich und wundere mich über den Verlauf unseres Gespräches. Denn eigentlich hatte ich mit keiner Silbe daran gedacht, irgendetwas enden zu lassen. Eher vermutete ich eben noch, dass *Tom* seinen Rückzug plante.

„Lassen wir das", bremst er sich, als er merkt, dass wir uns gegenseitig hochschaukeln. „Offenbar gibt es noch ein paar Baustellen, an denen wir beide arbeiten müssen, bevor echtes Vertrauen zwischen uns wachsen kann."

„Ja", bestätige ich ihn, „vielleicht hast du Recht."

Doch statt mich ihm wieder zuzuwenden, stehe ich auf und greife mir meine Unterwäsche vom Fußende des Bettes. Ich streife sie mir über und verlasse das Schlafzimmer. Nun bin *ich* es, die einen Moment für sich braucht. Das kurze Wortgefecht hat mich traurig gestimmt. Dass er mir seine Gedanken nicht verraten will, entmutigt mich, ihm vertrauen zu können.

Ich trete in den Flur und gehe geradeaus weiter – in diesen seltsamen Raum. Diesmal schalte ich das Licht an und starre auf die Gemälde. Tom folgt mir und bleibt hinter mir stehen.

„Warum hängen solche Bilder in deiner Wohnung? Und weshalb bekommen sie von dir ein eigenes Zimmer?", stelle ich meine Fragen, ohne mich ihm zuzuwenden.

„Warum steht in deinem Wohnzimmer ein Foto, auf dem du mit einem Arbeitskollegen posierst?", schafft er es mal wieder, von sich abzulenken.

Ich schwinge herum und wüte ihn an.

„Ist das deine Antwort?", frage ich verständnislos. „Wieso weichst du aus? Und was hat dich vorhin im Bett beschäftigt, Tom? Zwei Menschen, die sich kennenlernen wollen, reden über ihre Gedanken und geben sich nicht geheimnisvoll. Das schafft lediglich Distanz."

Tom nickt stumm und schaut danach zu Boden.

„Ja", murmelt er, „das tut es. Und was machen wir nun?", will er unbeholfen wissen.

„Das fragst du?", verstehe ich seine Bemerkung nicht. „Öffne dich doch mal, Tom. Dann wären wir schon einen Schritt weiter."

„Das kann ich nicht, Eva", sagt er und sieht mir wieder in die Augen. „Dann würde ich dich verlieren, und zwar endgültig."

Ich wende mich zum Fenster und gehe darauf zu. Es regnet noch und die Scheibe ist voller Tropfen.

„Wenn du mir etwas verheimlichst, gibt es ohnehin keine Zukunft für uns", mache ich klar.

„Verdammt, Eva, ich kann dich nicht zweimal aufgeben!"

„Sag es einfach und dann werden wir ja sehen, wohin das führt."

Ich drehe mich um und blicke ihn auffordernd an.

Tom stemmt die Arme in die nackten Hüften und geht im Kreis, um sich danach über seine Bartstoppeln zu reiben.

„Ich habe dir nicht die volle Wahrheit gesagt", beginnt er sein Geständnis und gerät schon ins Stocken.

„Ja, weiter ...", treibe ich ihn an fortzufahren.

„Luise ... na ja ... wir haben ... wir hatten gelegentlich Sex miteinander."

Er verstummt und versucht, in meiner Mimik herauszulesen, welche Reaktion er zu erwarten hat. Doch noch stehe ich unverändert auf demselben Fleck und überlege, wie ich diese neue Information zu werten habe.

„Und wann hattet ihr den letzten Sex?", will ich es nun genau wissen, denn von dieser Antwort hängt mein weiteres Vorgehen ab.

„Das liegt schon eine Weile zurück", antwortet er schwammig.

„Wie lang ist diese Weile her?", lasse ich nicht locker.

Tom holt tief Luft und pustet die Luft kraftvoll heraus.

„Vor einer Woche", erinnert er sich plötzlich.

„Verstehe", erwidere ich betrübt und sehe ihn vorwurfsvoll an. „Deine Frauengeschichten, diese Aktbilder und Luise … alles deutet darauf hin, dass du besessen bist vom weiblichen Geschlecht. Du wirst dich nicht ändern, Tom, weil du es gar nicht kannst."

„Das ist nicht wahr", widerspricht er niedergeschlagen. „Ich habe mich verändert – für dich. Eva, du ahnst ja nicht, was du in dieser kurzen Zeit bei mir bewirkt hast. Ich wünsche mir ein Leben mit dir."

„Mit mir und Luise?", frage ich nach. „Oder mal mit der einen und dann wieder mit der anderen?"

„Luise ist … Wie soll ich mich ausdrücken?", stammelt er herum.

„Eine platonische Freundin, mit der du dich hin und wieder vergnügst?", weiß ich die Verbindung zwischen ihnen einzuordnen.

„Eva, ich liebe sie nicht", versucht er eine neue Taktik.

„Aber sie dich", erkläre ich ihm die Lage. „Sie schläft mit dir, weil sie sich mehr erhofft. Du hingegen nutzt ihre Gefühle aus, um deine Triebe zu befriedigen."

„Nein, so ist es nicht", entgegnet er.

„Aber so ähnlich", habe ich den Durchblick. „Du hast Recht, Tom, diese Information entzweit uns endgültig." Ich bewege mich auf meine Hose zu, die neben meinem Shirt auf dem Boden liegt und hebe beides auf. „Vor einer Woche hast du mir bereits länger den Hof gemacht, mit mir telefoniert und mir verliebte Textnachrichten geschrieben. Offenbar hat dein Interesse an mir nicht ausgereicht, um die Sache mit Luise dauerhaft zu beenden", stelle ich deprimiert fest.

„Doch, Eva, ich habe es beendet. Vor einer Woche rief sie mich an und weinte bitterlich, also fuhr ich zu ihr, wollte mit ihr reden. Sie hat sich mir an den Hals geworfen und statt hart zu bleiben, ließ ich mich zu diesem Fehltritt hinreißen. Ich bereue es so sehr, Eva, dass ich keine Ruhe mehr finde und die ganze Zeit darüber nachgedacht habe."

„Tom, du weißt, dass ich euch am Wochenende in der Stadt zusammen gesehen habe. Es sah nicht so aus, als würdet ihr getrennte Wege gehen."

„Nein, das ist wahr. Aber heute haben wir uns ausgesprochen."

„Du warst heute bei ihr?", scheinen sich die Neuigkeiten zu überschlagen. „Ich weiß nicht, was ich von all dem halten soll, Tom."

„Wir haben es beendet. Das heißt, ich habe einen endgültigen Schlussstrich gezogen. Eva, das musst du mir glauben!"

„Das tue ich sogar", sage ich erstaunlicherweise. „Aber das ändert nichts an meinen Zweifeln. Ich kann mir nicht vorstellen, dass es bei diesem Ende bleibt. Sie könnte dich erneut weinend anrufen und du nochmals schwach werden. Tut mir leid, Tom, aber ich sehe keine Hoffnung für uns – bloß ein großes, schwarzes Loch, was jedes aufkeimende Vertrauen sofort wieder verschluckt."

Ich schlüpfe in meine Hose und ziehe mir danach mein T-Shirt über.

Es war ein Fehler, heute herzukommen. Mich in Tom zu verlieben war ein Fehler – und auf den falschen Tom zu hören, ein noch viel größerer.

12

Ich sitze bei meinen Eltern in der Küche und beobachte meine Mutter beim Kochen. Mein Vater schwirrt geschäftig umher und sortiert seine Unterlagen. Dabei wechselt er alle Nase lang vom Wohnzimmer ins Arbeitszimmer und wieder zurück. Zwischendurch macht er kleine Abstecher in die Küche, um sich an dem Gespräch zu beteiligen, das ich mit meiner Mutter führe.

Drei Wochen sind vergangen, seit ich Toms Wohnung mit der Gewissheit verlassen habe, ihn nie wiederzusehen. Ich war enttäuscht von ihm und nach seinem Geständnis sah ich keine Möglichkeit mehr, Vertrauen zu ihm zu fassen. Und Vertrauen ist nun einmal der Grundpfeiler einer guten Partnerschaft. Fehlt sie, kann das Pflänzlein der Liebe nicht wachsen.

„Du solltest ihn schleunigst vergessen, meine Süße, und dir einen anderen netten Mann suchen", rät mir meine Mutter, während sie die Kartoffeln schält.

„Leichter gesagt als getan", entgegne ich betrübt und starre auf meine Akten, die ich mir aus der Firma mitgenommen habe. Zurzeit wächst mir die Arbeit über den Kopf, deshalb wollte ich am Wochenende einiges nacharbeiten, was in den letzten Tagen liegengeblieben ist. Aber irgendwie will sich mein Arbeitseifer nicht richtig einstellen.

„Unsinn, Mathilde", ruft mein Vater aus dem Arbeitszimmer, „sie sollte ihn anrufen und sich mit ihm aussprechen!"

„Ach, was redest du denn für einen Unfug, Egon!", hebt meine Mutter ihre Stimme an, damit mein Vater sie aus der Entfernung besser hören kann. „Er hat unserer Tochter wehgetan. Möchtest du denn, dass sich das wiederholt?"

„Aber die beiden sind füreinander bestimmt!", schallt es zurück. „Das ist so klar wie Kloßbrühe."

Meine Mutter scheinen die Worte meines Vaters nicht zu überzeugen und ihren bis eben noch friedlichen Gemütszustand in einen erregten umzuwandeln, denn sie schält die Kartoffeln plötzlich doppelt so schnell und lässt sie danach unsanft in den Wassertopf plumpsen.

„Wäre das so, hätte er unser Kind nicht derartig enttäuscht. Du weißt doch, wie aufgewühlt sie die letzte Zeit war."

„Er ist ihr aber schon zwei Mal im Traum erschienen", sagt mein Vater, als er die Küche betritt und sich ein Stück Gurke aus der Salatschüssel stibitzt.

„Aber Egon, zwischen uns beiden stimmte damals die Chemie und es war sofort klar, dass uns dein Traum zusammenführen wollte", ist meine Mutter im Bilde. „Bei Eva scheint der Fall anders zu liegen. Tom ist kein netter Kerl, sondern ein Filou."

„Papperlapapp!", gibt mein Vater zurück. „Er ist bestimmt kein schlechter Mensch und war bereit, sich für unsere Tochter zu ändern."

Schwungvoll wirft meine Mutter die letzte geschälte Knolle in den Topf, sodass das Wasser in einer Fontäne herausspritzt.

„Ihr Männer haltet doch immer zusammen, selbst wenn sich die Schuld deutlich offenbart: Dieser Tom ist ein Casanova! Er wollte zweigleisig fahren!"

Ich schaue zwischen meinen Eltern hin und her und staune. Offenbar wollen sie das Thema unter sich ausmachen. Ich werde dabei ignoriert – als wäre ich nicht hier.

„Er hätte unserem Kind seinen Fehltritt ja nicht beichten müssen", nimmt mein Vater Tom weiterhin in Schutz. „Sie hätte es womöglich nie erfahren. Aber der Junge rang mit seinem Gewissen, wollte mit Eva unbelastet in eine neue Zukunft starten. Du musst zugeben, dass dies ein deutliches Indiz für eine charakterliche Wandlung ist. Wäre er bloß an einer intimen Verbindung interessiert gewesen, hätte es für ihn keine Veranlassung gegeben, unserem Kind seine Verfehlung zu gestehen."

„Das hätte er ja auch machen können, bevor er unsere Tochter verführt, Egon. Er hat sich ausgesprochen unredlich verhalten."

Wie ein Scheibenwischer auf höchster Stufe reibt meine Mutter mit dem Lappen über die Arbeitsplatte, um ihr Missgeschick zu entfernen. Als sie damit fertig ist, zeigt sie mit dem Wischtuch in meine Richtung und blickt mich warnend an.

„Und du, mein Kind", sagt sie und versetzt mich in Erstaunen, unvermutet angesprochen zu werden, „du lässt dich nie wieder auf einen Casanova ein! Hast du verstanden?"

Kurz überlege ich, was ich antworten soll, als mein Vater bereits dazwischen geht.

„Sie ist erwachsen, Mathilde, und kann ihre eigenen Entscheidungen treffen."

„Nein, Paps, ist schon gut", erlaube ich mir, das Wort zu ergreifen. „Kein Sex mit einem Casanova. Das klingt nach einem Plan."

Plötzlich klingelt mein Handy, das neben mir auf dem Tisch liegt. Ich schaue aufs Display, um die Nummer zu überprüfen. Mit Tom möchte ich auf keinen Fall sprechen. Aber die Zahlen sind mir unbekannt, deshalb wage ich mich, das Gespräch anzunehmen.

„Hallo?", frage ich ängstlich, doch mit Tom verbunden zu sein.

„Spreche ich mit Eva Kramer?", erkundigt sich eine weibliche Stimme.

„Ja, am Apparat", gebe ich irritiert zurück. „Und mit wem habe ich das Vergnügen?"

„Luise Sommerfeld ist mein Name", glaube ich, mich verhört zu haben. Erschrocken fahre ich zusammen und überlege für einen kurzen Moment, das Gespräch sofort zu beenden. Aber dann besinne ich mich und entscheide, sie anzuhören. Sollte sie mich eifersüchtig beschimpfen wollen, kann ich sie immer noch eiskalt wegdrücken.

Ich erhebe mich und wechsle ins ruhigere Wohnzimmer, um mich voll und ganz auf ihre Stimme zu konzentrieren.

„Oh", sage ich, während ich mich in den Sessel fallen lasse, „das nenne ich mal eine Überraschung."

„Es tut mir leid, falls Sie sich von mir überfallen fühlen, Eva. Ich darf doch Eva sagen?", gibt sie sich unerwartet unsicher.

„Natürlich, das ist in Ordnung", komme ich ihr entgegen und beginne, nervös in meinem Haar herumzurühren.

„Danke, das macht es mir leichter. Ich möchte nur ein Missverständnis aus der Welt räumen und es Ihnen ermöglichen, sich mit Tom zu versöhnen."

„Wie kommen Sie darauf, dass ich Wert darauf lege?", bin ich verblüfft über ihr Angebot.

„Hören Sie, Eva, Tom ist es wirklich ernst mit Ihnen", geht sie nicht auf meine Frage ein. „Ich habe ihn in all den Jahren niemals so erlebt."

„Bitte Luise, Sie meinen es bestimmt gut. – Obwohl mir nicht ganz klar ist, warum. Schließlich haben Sie ihn wieder für sich allein. – Aber Tom und ich, na ja … das funktioniert einfach nicht."

„Er hat mir von Ihrem Traum erzählt, Eva", ist sie offenbar gut informiert. „Alles deutet darauf hin, dass Ihre Verbindung gewollt ist. Das Schicksal hat Sie auserkoren, die Frau an seiner Seite zu sein. Und ich bin bestimmt nicht der Typ, der an himmlische Zeichen glaubt. Doch dass Sie Tom schon kannten, bevor Sie sich überhaupt begegnet sind, ist absolut unerklärlich. Und dass er Sie liebt, obwohl er solche Gefühle nie zuvor für eine Frau empfunden hat, erscheint in meinen Augen ebenso ungewöhnlich. Reden Sie mit ihm, Eva. Er ist nur noch ein Schatten seiner selbst, übernimmt im Krankenhaus jede Schicht, um keine Zeit zum Nachdenken zu finden. Er braucht Sie."

Ich lege meine Stirn in Falten und versuche, diesen Anruf zu verstehen. Aber mir will nicht einleuchten, was sich diese Frau davon verspricht, mich mit Tom zusammenzubringen.

„Warum tun Sie das, Luise?", möchte ich dem Rätsel auf den Grund gehen. „Ich stand Ihnen doch nur im Weg. Jetzt haben Sie freie Bahn."

„Er liebt mich nicht, das hat er nie, Eva. Seit der Schulzeit habe ich gehofft, aus uns könnte was werden. An dieser Vorstellung hielt ich jahrelang fest und merkte gar nicht, wie das Leben an mir vorbeirauschte. Ich hätte längst verheiratet sein können mit einem netten Mann. Früher träumte ich davon, viele Kinder zu haben, ein schönes Zuhause mit einem großen Garten. Ich muss Tom loslassen, sonst werde ich niemals glücklich."

Ich bin platt über so viel Ehrlichkeit. Sie kennt mich überhaupt nicht und doch spricht sie mit mir wie mit einer Freundin. Ich weiß nicht, ob ich das könnte. Sie scheint eine liebenswerte Frau mit Herz zu sein. Ich bewundere sie für ihren Mut, bei mir anzurufen, und für ihre ehrlichen Worte. Es ist erstaunlich, dass sich Tom nicht in sie verlieben konnte.

„Ich weiß Ihren Versuch, zwischen uns zu vermitteln, zu schätzen, Luise. Aber Sie wissen doch selbst, dass Sie und Tom miteinander geschlafen haben, obwohl er sich von Ihnen losgesagt hatte und mir bereits schöne Augen machte. Hinzukommt, dass er mir Ihre Verbindung als rein platonisch verkauft hat. Das ist ein Vertrauensmissbrauch, über den ich nicht hinwegsehen kann."

„Eva, bitte verurteilen Sie ihn nicht vorschnell. Unsere Freundschaft war platonisch, bis auf drei oder vier Ausnahmen im letzten halben Jahr. Und diese Ausnahmen hat es nur gegeben, weil er sich mit mir über seine Einsamkeit hinwegtrösten wollte. Es war schneller Sex ohne Gefühle. Und jenes letzte Mal, von dem Sie sprachen, Eva, habe ich mich erniedrigt, um ihn zurückzugewinnen. Dabei war er mit seinen Gedanken längst bei Ihnen und nichts, was ich tat, änderte etwas daran.

Verstehen Sie mich, Eva? Er hat nicht mit mir geschlafen."

Ich schüttle den Kopf, denn ich habe Toms Worte noch gut in Erinnerung.

„So hat er es mir aber nicht vermittelt, Luise. Er sagte klipp und klar, dass er Sex mit Ihnen hatte."

„Es kam nicht dazu, Eva. Ich habe ihm leidgetan, weil er es nicht ertragen konnte, mich weinen zu sehen. Es ist mir etwas peinlich, dies so offen zuzugeben, aber ich habe mich ihm angeboten und bin ihm gegen seinen Willen nähergekommen. Bitte ersparen Sie mir, Ihnen Details über meine Selbsterniedrigung zu erzählen. Es gab ein paar unerwiderte Intimitäten, und das war's!" Ich höre, wie Luise mit den Tränen kämpft und tief durchatmet. „Ich habe Ihnen alles gesagt, Eva. Geben Sie ihn nicht auf. Vor mir haben Sie nichts mehr zu befürchten. Ich werde in eine andere Stadt ziehen und neu anfangen. Finden Sie Ihr Glück mit ihm. Das wünsche ich Ihnen beiden."

Kaum hat sie ihren letzten Satz ausgesprochen, höre ich es klicken in der Leitung. Luise hat das Gespräch, ohne sich zu verabschieden, beendet.

Nach dem Essen sitze ich mit meinen Eltern am Wohnzimmertisch und habe mich von ihnen zu einem Brettspiel überreden lassen. Ich hasse „Mensch-ärgere-dich-nicht", aber in diesem Haus ist es Tradition, am Wochenende zu spielen. Von Freitagabend bis Sonntagnachmittag, falls meine Eltern keine Termine auf dem Zettel haben.

Meine Mutter krümelt sich vor Lachen, weil sie meinen Vater gerade zum x-ten Mal aus dem Spiel kickt. Er wirkt abwesend und nimmt kaum Notiz davon, wie seine Spielfiguren der Reihe nach untergehen.

„Wirst du deinen Tom nun anrufen, nachdem dich Luise über alles aufgeklärt hat?", erkundigt er sich und behält die Würfel in der Hand.

„Er ist nicht *ihr* Tom, Egon", mischt sich meine Mutter ungefragt ein. „Der Junge muss erst einmal beweisen, dass er unsere Tochter verdient hat."

„Lässt du bitte unser Kind antworten, Mathilde? Es ist ihre Entscheidung, nicht unsere!", gibt mein Vater zurück und sieht mich auffordernd an.

„Nein, das werde ich nicht, Paps", sage ich überzeugt. Doch meinem Dad scheint die Antwort nicht zu gefallen.

„Warum nicht, mein Engel?", fragt er und wird unruhig. Er rutscht nervös auf dem Stuhl hin und her und drückt die Würfel auf die Tischplatte.

„Es ist zu spät für eine Versöhnung", bin ich mir sicher. „Außerdem ist Tom ein schwieriger Zeitgenosse, Paps. Ich hätte es niemals leicht mit ihm."

„Siehst du, Egon?", gibt meine Mutter ihren Senf dazu. „Unsere Tochter ist zur Vernunft gekommen."

„Hast du dir das auch gut überlegt, mein Mäuschen", zweifelt mein Vater die Richtigkeit meiner Entscheidung an.

Ich nicke bloß und bin betrübt über meine eigenen Worte. Aber meine Mutter hat es auf den Punkt gebracht: So ist es am vernünftigsten.

Plötzlich erhebt sich mein Vater und geht in den Flur. Er zieht den Autoschlüssel vom Haken und schlüpft in seine Schuhe.

„Wo willst du denn so spät noch hin?", ist meine Mutter verwundert.

„Ich bin nur kurz Zigaretten holen", antwortet er unsinnigerweise.

„Aber du rauchst doch überhaupt nicht", stellt meine Mutter richtig fest.

„Ach ja", gerät mein Dad in Erklärungsnöte und reibt sich das Kinn. „Der Wagen muss aufgetankt werden, damit ich unser Kind nach Hause fahren kann."

„Das kannst du auch mit Eva zusammen machen."

„Schluss jetzt, Mathilde", sagt mein Vater und hebt seinen Arm. „Ich fahre jetzt los! Solange kann sich unser Kind noch ein wenig ausruhen", verfügt er und macht deutlich, dass er keine Widerworte mehr hören möchte.

„Ich finde die Idee prima", sehe ich über das sonderbare Verhalten meines Vaters hinweg. „Etwas Ruhe tut mir bestimmt gut. Ich bin tatsächlich ziemlich müde."

Mein Vater nickt und geht. Meine Mutter schaut ihm fragend hinterher.

Ich entscheide mich, ein Nickerchen auf der Couch einzulegen, und brauche nicht lange, bis ich wegdöse.

In Toms Wohnung wache ich wieder auf und wundere mich, wie dunkel es hier ist. Mir wird kalt und mit nackten Füßen tapse ich zu diesem seltsamen Zimmer. Ich finde einen Lichtschalter, doch es dringt bloß ein düsterer Schein vom Flur hinein. Die gesamte Szene kommt mir wie ein Déjà-vu vor. Weshalb wiederholt sich dieser Moment meines Lebens? Und wo ist Tom?

Ich trete ein und sehe eine gefüllte Badewanne in der Mitte des Raumes stehen. Die
Aktbilder an den Wänden sind verschwunden. Weiße, kahle Stellen erinnern daran, dass
dort noch vor Kurzem Gemälde angebracht
waren.

„Tom?", rufe ich ängstlich, mich verirrt zu
haben. Diese Wohnung wirkt so verkehrt auf
mich, als befände ich mich nicht in Toms Zuhause, sondern in seiner verlorenen Seele.

„Eva, wie schön, Sie wiederzusehen", sagt
der falsche Tom, als er plötzlich wie aus dem
Nichts erscheint. Er sieht blass und traurig
aus, hat sein Strahlen verloren. Ich bin erschüttert von seinem Anblick.

„Tom, was ist mit Ihnen?", frage ich voller
Sorge.

„Sie haben Ihr Bad nicht genommen",
quält er sich ein Lächeln heraus und zeigt auf
die gefüllte Wanne. „Auf einmal waren Sie
verschwunden aus meinem Leben, haben
mich aufgegeben. Dabei brauche ich Sie doch
so sehr."

Ich fahre mir durch die Locken und bin
eingeschüchtert von dieser düsteren Kulisse.
Kann es sein, dass dies ein Blick in Toms Innenleben ist?

„Sehen Sie, Eva", geht der falsche Tom auf
meine Gedanken ein und gewinnt an Farbe,

„Sie sind ein kluges Mädchen und ich habe von Anfang an an Sie geglaubt."

„Wie meinen Sie das, Tom?", will ich wissen und ärgere mich, dass er sich abermals rätselhaft gibt. „Kommen Sie doch endlich auf den Punkt."

Er schaut auf die Uhr und sieht mich wehmütig an.

„Es ist Zeit, Eva", sagt er und lächelt warmherzig. „Meine Schicht beginnt heute zum letzten Mal. Versprechen Sie mir, auf mich Acht zu geben."

Mein Herz beginnt vor Furcht zu rasen.

„Um Himmels willen, Tom, was meinen Sie damit?", rufe ich meine Frage heraus, als sich seine Konturen langsam auflösen.

„Das Fenster schließt sich", kann er noch antworten, bevor er völlig verschwunden ist.

Aufgeschreckt fahre ich hoch und blicke in das Gesicht meiner Mutter.

„Kind, was ist denn los?", ist sie sichtlich besorgt. „Du hast durchs ganze Haus gerufen. Hast du schlecht geträumt?"

„Mum, Tom ist mir erneut erschienen und jetzt befürchte ich, er könnte sich etwas antun."

„Das ist Blödsinn", sagt mein Vater, der sich hinter meiner Mutter aufbaut.

„Wo warst du so lange, Egon?", fragt sie ihn vorwurfsvoll. „Den Wagen zu betanken, dauert doch keine Stunde."

„Ich habe noch ein paar Besorgungen gemacht", weicht er ihr aus.

„Es ist eine Stunde vergangen?", kann ich es nicht glauben. „Es kam mir vor wie ein paar Minuten." Ich kratze mich am Kopf und überlege mein weiteres Vorgehen. „Paps, kannst du mich zu Tom fahren?"

Mein Vater versteift sich und wirkt überrascht von meiner Frage, als würde sie ihm gegen den Strich gehen.

„Äh … ja … äh … selbstverständlich, Kind. Lass uns gleich losfahren."

„Dad, alles okay?"

„Sicher, mein Engel, alles easy", gibt er im Teeny-Jargon zurück und lässt meine Mutter und mich staunen. „Ja, nun starrt mich nicht so an. Auf, auf, Eva, lass uns aufbrechen!"

Als wir im Auto sitzen, wundere ich mich, welchen Weg mein Vater einschlägt. Er scheint vollkommen neben sich zu stehen.

„Paps, zu Tom geht es in die entgegengesetzte Richtung", erkläre ich ihm und würde mich am liebsten selbst ans Steuer setzen.

„Ich weiß, meine Süße", macht mein Vater klar, keinen Knoten im Kopf zu haben. „Lehn dich bitte bequem zurück und lass mich mal machen, einverstanden?"

Er schenkt mir ein vertrauensvolles Lächeln und klopft mir auf den Oberschenkel.

„Okaaay …", erwidere ich und möchte zu gerne wissen, was mein Dad ausheckt.

„Du hattest also einen erneuten Traum?", erkundigt er sich interessiert und lenkt mich so von meiner Angst um Tom ab, die mich geradezu überwältigt.

„Ja, diesmal bin ich ihm in seiner Wohnung begegnet", erzähle ich und bemühe mich, die Details in Erinnerung zu holen. „Alles war ungeheuer einsam und kalt. Das Licht ließ sich nicht richtig anknipsen, sodass es sich anfühlte wie in einer Höhle. Tom sah krank aus, als bliebe ihm nicht mehr viel Zeit. Es war furchteinflößend."

Mein Vater nickt, als hörte er so etwas nicht zum ersten Mal.

„Hat er begonnen, sich aufzulösen?", stellt er die richtige Frage.

„Dad!", schreie ich ihn erschrocken an. „Woher weißt du das?"

„Es kann sein, dass sich das Fenster bald schließt, meine Süße."

Ich wende meinen Oberkörper in seine Richtung und starre ihn verwirrt an.

„Ich glaube das alles nicht, Paps. Das waren seine Worte. Wie ist es möglich, dass du davon weißt? Und wieso in Gottes Namen bist du über solche Dinge informiert?"

„Ach, meine kleine Eva, hast du vergessen, dass mir Ähnliches passiert ist?"

Mein Vater gibt Gas, um die Grünphase der Ampel zu erwischen, als hätte er es mit einem Mal noch eiliger als zuvor.

„Nein, das habe ich natürlich nicht", gebe ich grübelnd zurück. „Ich dachte nur, bei dir wäre alles sofort klar gewesen."

„Das war es ja auch, mein Engel. Trotzdem habe ich eine Menge erfahren: Manche Menschen erhalten viel Zeit, andere weniger, um ihr Pendant zu finden. Beginnt sich ein Fenster zu schließen, läuft die Zeit ab. Danach lösen sich Gefühle auf und verschwinden für immer im großen Nichts."

„Ach ja?", staune ich über das präzise Wissen meines Vaters. Dabei vergesse ich völlig, wohin die Reise gerade geht. Umso erstaunter bin ich, als er den Wagen auf einen Parkplatz steuert und auf eine düstere Gestalt zufährt, die im Dunkeln unter einer Straßenlaterne wartet.

„Wir sind da", kündigt mein Vater das Ende unserer gemeinsamen Fahrt an. „Ich übergebe dich nun in die Obhut deines Toms.

Sprecht euch in Ruhe aus, Liebes. Es gibt bestimmt einiges zwischen euch zu klären."

Er stoppt das Fahrzeug direkt neben Tom und lächelt mich an.

„Hast du dies in der letzten Stunde hinter Mums und meinem Rücken organisiert?", bin ich baff.

„Nun geh schon, Eva", wird sein Schmunzeln immer breiter. „Lass ihn nicht so lange dort stehen. Denk an das Fenster!"

„Ja, mache ich, Paps", sage ich überwältigt und küsse meinen Vater auf die Wange. „Danke."

13

Ich steige aus dem Wagen und lasse die Tür zufallen. Mein Dad winkt mir aufmunternd zu und zeigt mir einen Daumen nach oben. Noch bin ich unsicher, ob in meiner derzeitigen Situation Optimismus angebracht ist. Aber es kann bestimmt nicht schaden, zuversichtlich zu sein, nicht von Tom durch den Fleischwolf gedreht zu werden. Immerhin wird auch er mir das eine oder andere vorzuwerfen haben.

Mein Vater legt den ersten Gang ein und fährt langsam vom Parkplatz. Ich drehe mich um und sehe Tom noch an der gleichen Stelle stehen. Doch als ich seinen Blick in der Dunkelheit suche, begibt er sich aus dem Lichtkegel der Laterne heraus und bewegt sich zu mir herüber. Ich nehme ihm einen Teil des Weges ab und gehe ihm entgegen. Als wir uns stumm gegenüberstehen, greift Tom plötzlich nach mir und zieht mich energisch in seine Arme.

„Mein Gott, ich bin so froh, dass du hier bist", sagt er ergriffen vom Moment und drückt mich kraftvoll an seine Brust. „Bist du hier, um zu bleiben, Eva?", will er beunruhigt wissen. „Bitte versprich mir, dass ich mich nicht wieder von dir verabschieden muss. Diesen Schmerz könnte ich kein drittes Mal aushalten."

Ich löse unsere enge Umarmung ein wenig, um ihn anzusehen, was in dieser Dunkelheit zur Herausforderung wird.

„Tom, ich weiß gar nicht, wo ich anfangen soll ..."

Er legt seine großen, warmen Hände auf meine Wangen und streicht mit den Daumen über meine Haut.

„Sag mir nur, ob du mir verzeihen kannst. Alles andere bekommen wir hin."

Ich lächle und lasse meine Freudentränen gewähren. Ich hätte nicht gedacht, dass er es mir so leicht macht.

„Aber Tom, es gibt nicht das Geringste zu verzeihen", mache ich klar und verblüffe ihn mit meiner Aussage. „Luise hat mich angerufen und mir alles erklärt. Ihr hattet nicht miteinander geschlafen, dennoch hast du es mir erzählt. Warum?"

„Oh Gott, Eva, ich bin so ein Narr. Ich wollte ehrlich zu dir sein, denn es sollte nichts zwischen uns stehen für den Fall, die Sache würde mich eines Tages einholen. Ich habe von Sex gesprochen, ja, doch er war einseitig und führte mitnichten zu mehr."

„Ich glaube dir, Tom", sage ich und nehme ihm somit den Druck, der auf ihm lastet. Trotzdem hättest du mir von Anfang an sagen müssen, dass es nicht ganz so platonisch zwischen euch zuging, wie du behauptet hast."

„Ja, das hätte ich und ich versichere dir, dass ich mich zu keinen Notlügen mehr hinreißen lassen werde."

„Okay", erwidere ich, „das klingt nach einem guten Anfang."

Seine Hände wandern zu meinen Hüften und verankern sich dort.

„Heißt das jetzt, dass ich rehabilitiert bin?", fragt er mit einem leisen Zweifel in der Stimme.

„So könnte man es ausdrücken", gebe ich schmunzelnd zurück.

„Verflucht noch mal, Eva", sagt er freudestrahlend. „Der Tag hätte nicht schöner enden können."

„Das finde ich auch", bestätige ich ihm, das Gleiche zu fühlen.

„Dein Vater hat mir erzählt, dass wir uns ein zweites Mal im Traum begegnet sind", gibt er kund, aufgeklärt worden zu sein. „Das finde ich ausgesprochen romantisch."

Mein Dad! Er hat offensichtlich alle Register gezogen, um Tom und mich zusammenzuführen.

„Ich dachte, du bist kein Romantiker", erinnere ich mich noch gut an seine Worte.

„Tja, es sieht fast so aus, als würde ich
mich selbst nicht gut genug kennen", sagt er
amüsiert. „Du kannst mir dabei helfen, den
wahren Tom zu entdecken." Ich möchte etwas erwidern, ihm klarmachen, ihn zu nehmen, wie er ist, als er wieder ernst wird und
seinen Kopf gegen meinen lehnt. „Die letzten
Wochen ohne dich war ich nicht mehr ich,
habe begonnen, mich aufzulösen." Aufgeschreckt horche ich auf. Seine Metapher erinnert mich an meinen letzten Traum. „Ich
stand kurz davor, meine Anstellung im Krankenhaus aufzugeben und mein Leben woanders neu zu beginnen. Dein Vater kam genau
zur rechten Zeit, Eva, um mich zu überzeugen, meinen Entschluss zu verwerfen."

Das hat der falsche Tom also gemeint, als
er sagte, seine letzte Schicht würde beginnen.
Mein Tom stand kurz vor einem Jobwechsel,
was früher oder später dazu geführt hätte,
dass wir uns aus den Augen verlieren. Das
hätte uns die Gefühle füreinander gekostet,
ganz so, wie es mir mein Vater erklärte: Sie
wären im großen Nichts verschwunden.

Ich umschlinge Tom mit meinen kalten
Armen. Trotz der sommerlichen Abendtem-
peraturen fröstelt es mich. Der letzte Traum

war viel deutlicher als die beiden anderen zuvor. Ich werde ihn dennoch für mich behalten, Tom nicht damit verunsichern, welchen Zugang ich zu seiner Seele habe. Auch waren die Bilder, die mir gezeigt wurden, wirklich gruselig. Ich werde alles dafür geben aus Toms Unterbewusstsein einen Garten Eden zu machen, ihn zu jenem glücklichen Menschen zu machen, der er sein möchte. Somit werden düstere Träume von ihm der Vergangenheit angehören.

„Mein Vater", knüpfe ich an seinen letzten Satz an, „war von Anfang an auf deiner Seite, Tom. Ihm war die Bedeutung meines Traums sofort klar gewesen, denn er hatte mit meiner Mutter das Gleiche erlebt."

„Dann hat er auch von ihr geträumt, obwohl er sie nicht kannte?", staunt Tom nicht schlecht.

„Absolut", antworte ich lächelnd und führe ihn in den Lichtstrahl der Laterne. „Und als sie sich im Tanzlokal begegnet sind, war es sofort um ihn geschehen."

Ich schaue ihm voller Wärme ins Gesicht und streiche über seine Bartstoppeln. Er sieht erleichtert aus, als wäre eine große Last von ihm abgefallen.

„Sie waren füreinander bestimmt", weiß Tom sofort Bescheid.

„So wie wir", ergänze ich seine Feststellung.

„Daran habe ich nie gezweifelt", sagt er voller Überzeugung und erneuert unsere Umarmung, indem er mich kräftig an sich drückt.

„Wie wäre es mit einem heißen Bad bei dir?", frage ich mit einem provozierenden Grinsen. „Ich bin ziemlich ausgekühlt und könnte etwas Wärme gebrauchen."

Tom hebt mein Kinn mit seinem Zeigefinger an, sodass er meine Mimik im schwachen Licht erkennen kann.

„Hey, meine Schöne, dir ist schon klar, dass ich kein warmes Wasser benötige, um dich aufzuheizen", bemerkt er verwegen.

„Gib nicht so an", kontere ich und boxe ihn leicht in die Seite. „Schließlich bin *ich* diejenige, die dich um den kleinen Finger wickeln kann."

„Allerdings, Eva", bestätigt er meine Worte. „Ich bin dir mit Haut und Haaren verfallen. Für dich würde ich alles tun."

Er drückt auf den Knopf seines Autoschlüssels, um sein Fahrzeug zu öffnen, das direkt neben uns parkt. „Deshalb habe ich auch sämtliche Gemälde aus meiner Wohnung verbannt."

„Auch die Aktbilder?", frage ich erstaunt.

„Vor allem die", antwortet er und führt mich zur Beifahrerseite, um mir die Tür zu öffnen.

„Aber waren sie dir denn nicht wichtig?", möchte ich wissen und bleibe vor der offenen Wagentür stehen.

Tom beginnt erst zu lächeln, bevor er in schallendes Gelächter ausbricht.

„Eva, mein kleines unschuldiges Mädchen, es waren Kunstgegenstände, die ich mir als Geldanlage zugelegt habe. Dass es Aktmalerei war, hatte nichts zu bedeuten. Und entgegen deiner Annahme bin ich nicht vom weiblichen Geschlecht besessen, sondern ausschließlich von dir." Ich bin beeindruckt von seinen Worten und stiere ihn bloß mit großen Augen an. „Vertraue mir, mein Mädchen, ich lege keinen Wert mehr auf Kunstschätze, wenn ich den wertvollsten Schatz endlich gefunden habe", macht er deutlich, wie wichtig ich ihm bin. „Da warten ein paar leere Zimmer in meiner Wohnung auf dich, die allein dir gehören."

„Du möchtest, dass ich zu dir ziehe?", kann es nicht schaden, mir die Sache noch mal bestätigen zu lassen. Könnte ja durchaus sein, ich verstehe hier was falsch.

„Sag einfach ja", fordert er mich auf. „Dann bekommst du auch dein heißes Bad."

„Hast du keine Angst davor?", befürchte ich, wir könnten es überstürzen.

„Wovor, Eva?", beantwortet er meine Unsicherheit mit einer Gegenfrage. „Das Einzige, was mir Angst macht, ist, getrennt von dir zu sein. Ich möchte jeden Morgen aufwachen und in dein schönes Gesicht sehen. Mehr brauche ich nicht zum Glücklichsein."

Falls ich eben noch Zweifel hatte, sind sie durch seine eindrucksvollen Worte komplett ausgeräumt. Dass Tom dazu in der Lage sein würde, so kraftvolle Argumente vorzutragen, um mich von seinen Gefühlen zu überzeugen, haut mich um.

„Ja, gerne Tom", sage ich deshalb überglücklich.

Er streicht sanft über meine Wange und lächelt verschmitzt.

„Sag wieder Tommy zu mir, das höre ich so gern aus deinem Mund ..."

14

Ein Jahr ist mittlerweile vergangen und Tom und ich sind nach wie vor glücklich. Vor drei Monaten sind wir umgezogen in unser neues Zuhause: ein wunderschönes kleines Häuschen am Stadtrand mit einem Garten voller bunter Blumen.

Wir genießen jede einzelne freie Minute miteinander. Und obwohl sich unser Kennenlernen anfänglich schwierig gestaltete aufgrund kleinerer Hürden und Missverständnisse, leben wir jetzt in absoluter Harmonie.

Der falsche Tom ist mir nicht mehr erschienen. War er nur ein Hirngespinst oder eine himmlische Erscheinung? Vielleicht war er auch nicht real und die Bilder lediglich eine Projektion aus Toms Unterbewusstseins, die ich wie ein Empfangsgerät aufgeschnappt habe.

Aber wie kann es sein, dass bloße Bilder mit mir sprechen können und mich zum Handeln bewegen?

Mein Vater rät mir, darüber nicht weiter nachzudenken, und einfach dankbar für dieses einmalige Wunder zu sein, den Partner gefunden zu haben, der perfekt zu mir passt.

Nicht viele Menschen, so mein Dad, finden ihr wahres Glück.

Deshalb halte ich meines so fest, wie ich kann, und bin dankbar, meinen „Traummann" gefunden zu haben:

Tom … ich meine natürlich Tommy.

Leseprobe:

„Kein Sex mit einem Millionär"
von
Sabine Richling

1

„Mein Gott, was redest du wieder für dummes Zeug!", knallt mir mein Mann um die Ohren, während wir mit seinen Geschäftsfreunden in einem Restaurant zu viert am Tisch sitzen und über Politik reden. Gähn! Ich habe mir erlaubt, meinen Senf dazuzugeben, eine kleine Anmerkung zu machen, als ich merkte, dass mein werter Gatte falsch informiert ist. Aber erneut ist es ihm gelungen, seine eigenen Unzulänglichkeiten zu verbergen, indem er mich als latent verblödet darstellt. Peinlich berührt hüstelt Herr Hühnerbein in die Serviette, auch seine Frau popelt mit der Gabel im Fleisch herum und überlegt, wie sie die gute Stimmung retten kann. Komisch, dass mein Daniel solche Überlegungen nie anstellt, schließlich bringt er uns regelmäßig in solch eine Lage, in der man gerne vor Schmach im Boden versinken möchte. Ich überlege, mir eine Tüte über den Kopf zu ziehen, um mir damit kurzfristig das Gefühl zu geben, nicht hier zu sein.

Seine Beleidigung zu kommentieren, erspare ich mir, immerhin haben wir uns gerade ausreichend zum Gespött des Abends gemacht. Das bedarf keiner Fortsetzung.

„Entschuldige", sage ich leise und lege mein Besteck beiseite. Mir ist der Appetit vergangen.

„Wenn du es nicht besser weißt, halte dich aus dem Gespräch heraus", tritt Daniel nach.

Jetzt bin ich still und möchte meinem Gemahl gerne meine Roulade ins vorlaute Mundwerk stopfen, da ich sie ohnehin nicht mehr essen werde. Doch ich halte mich zurück und schlucke meine Wut herunter.

„Sagen Sie, Herr Hartmann", geht Frau Hühnerbein dazwischen, „wohin fahren Sie eigentlich dieses Jahr in den Urlaub?"

Geschickt hat sie das Thema gewechselt und die Lage entschärft.

Da erwacht Daniel zu neuem Leben, denn über Urlaube redet er gern. Als hätte es seine Entgleisung nicht gegeben, gerät er in feurige Ekstase.

„Dieses Jahr haben wir fünf Reisen geplant. Im Frühjahr werden wir wieder eine Kreuzfahrt machen, diesmal auf dem Mittelmeer", antwortet er voller Inbrunst.

„Oh", entfährt es Frau Hühnerbein, „das ist ja großartig.

„Ja, aber dieser Trip ist nicht unser Haupturlaub, den werden wir in Südafrika verbringen, nicht wahr, Leonie?" Er lächelt mich an und stößt mir seinen Ellenbogen gegen den Oberarm. „Da freuen wir uns besonders drauf."

„Klar", sage ich und verstumme sogleich wieder. Ich möchte nicht noch einmal zurechtgewiesen werden, weil ich in seinen Augen Müll rede.

„Du hast diese Reise doch gebucht, sag ruhig auch mal was dazu."

„Ja, später, ich muss mal aufs Klo", erwidere ich gereizt und erhebe mich. Ich hänge mir meine Handtasche über die Schulter und erwäge, einfach zu gehen. Stattdessen steuere ich die Waschräume an, ich Feigling! Ich weiß nicht, warum er mich ständig bloßstellen muss. Natürlich habe ich die Reise nicht gebucht, sondern er. Ich habe keinen blassen Schimmer, wohin es genau geht und welche Hotels er für uns ausgesucht hat. Ich hasse es zu verreisen! Meine Heimat ist mir lieb und teuer und ebenso mein Hobby. Ich male. Seit meiner Jugend beschäftige ich mich mit der Malerei und könnte den ganzen Tag nichts anderes tun. Warum soll ich in die weite Welt fahren, wenn ich mit dem, was mir das Leben hier bietet, äußerst zufrieden bin? Daniel möchte am liebsten von einem Kontinent zum nächsten springen, und das mehrmals im Jahr. Vielleicht rennt er vor irgendetwas davon, ist auf der Suche nach einer Offenbarung. Bloß in der Ferne wird er sie nicht finden. Eine Exkursion in sein übertriebenes Ego könnte ihm guttun. Womöglich stößt er dabei mal auf sich selbst und erkennt, was er für ein selbstverliebter Blödmann ist.

Er war nicht immer so. Früher war er mal nett, damals – vor langer Zeit. Wir haben für eine Modekette gearbeitet, waren Kollegen, besser gesagt, Auszubildende. Während ich nach der Lehre ging, um Kunst an der Universität zu studieren, blieb er im Unternehmen und arbeitete sich bis in die Geschäftsleitung empor. Wir kauften uns ein Haus und genossen das bessere Leben. Bald darauf heirateten wir und zogen in ein noch größeres Haus. Zwar wusste ich nicht, wozu das nötig war, immerhin waren hundertfünfzig Quadratmeter mehr als genug, aber Daniel war der Meinung, ein „Schloss" würde was hermachen und Geschäftsfreunde wären imponiert. Da er seine Firma repräsentiert, braucht er eben die zweihundertfünfzig Quadratmeter. Dass wir unseren Palast nur zu zweit bewohnen, zählt nicht. Den kann ja eine Putzfrau in Schuss halten und den Garten ein Gärtner.

Logisch, dass ich darauf nicht von allein gekommen bin. Bin halt dumm wie Bohnenstroh. Keine Ahnung, wie oft mir Daniel das Gefühl gibt, ein gehirnloser Torfkopf zu sein – oft genug, dass ich es selbst glaube.

Ich stehe vorm Spiegel und pudere meine Nase. Dabei starre ich in mein Gesicht und frage mich, ob ich noch attraktiv bin. Seit zwanzig Jahren sind Daniel und ich ein Paar. Ein Kompliment habe ich nie bekommen. Gerne jedoch werde ich mit wachsender Begeisterung von ihm kritisiert. Ich kann es ihm eigentlich nie recht machen, es sei denn, ich schlafe. Da bin ich leise wie eine Feder im Wind und widerspreche nicht. Wehe ich vertrete mal eine andere Meinung als er, dann haben wir sofort wieder eine Diskussion, die sich bis in den späten Abend ausdehnen kann. Grrr, ich hasse dieses Gerede um Nichts! Dabei gibt es so viel Schönes, das man gemeinsam genießen könnte. Aber nein, mein lieber Daniel versteift sich auf unproduktive Wortwechsel, die einem unnötig Energie rauben. Die letzten Jahre frage ich mich immer öfter, was mich eigentlich bei ihm hält. Sein Bankkonto kann es nicht sein. Ich interessiere mich nicht für Geld, es ist mir nicht wichtig. Als wir uns kennenlernten, war er genauso mittellos wie ich. Wir haben unser schlichtes, freies Dasein genossen, sind gern in die Pizzeria nebenan essen gegangen, statt im Sterne-restaurant oder haben uns am Kinotag den neuesten Film angesehen. Das Popcorn und die Getränke schleusten wir heimlich mit ein, um die teuren Preise zu boykottieren. Unsere Klamotten haben wir nach Geschmack ausgesucht und nicht nach dem Label. Wie sehr vermisse ich die alte Zeit, in der wir noch „einfach" waren, ein Paar aus der Mittelschicht, vollkommen durchschnittlich. Jetzt werden die Freunde nach dem Portemonnaie ausgesucht und nicht nach Sympathie. Denn mit weniger gut betuchten Menschen kann Daniel nichts mehr anfangen. Die jammern ja ständig darüber, wie teuer alles sei. Doch für Hartmann, Daniel Hartmann, spielt Geld keine Rolle. Er ist der Obermufti der High Society, gehört zur Crème da la Crème, und das will er auch zeigen. Wo käme man denn da hin, wenn man sich für seinen Reichtum entschuldigen müsste?

Ich seufze und lasse die Puderdose in meine Tasche fallen. Herrje, ich will nicht zurück zum Tisch. Ich könnte einfach umfallen und mich vom Personal zum Taxi tragen lassen. Für einen schwachen Kreislauf kann ich ja nichts. Vielleicht sollte ich noch meinen Lippenstift nachziehen, um die Zeit zu überbrücken. Obgleich ich das gerade gemacht habe. Dabei verabscheue ich es, mir Farbe ins Gesicht zu pinseln. Die gehört auf eine Leinwand und nicht auf die Haut. Aber was soll ich sagen, Daniel legt großen Wert auf eine perfekt gestylte Frau von Stand. Dabei bin ich bloß die unvollkommene Frau von nebenan und möchte das auch gern wieder sein. Hätte ich damals gewusst, was mich mit Herrn Hartmann erwartet, wäre mir niemals in den Sinn gekommen, Frau Hartmann zu werden.

„Leonie?", ruft Daniel von draußen und klopft gegen die Tür der Damentoilette. Ich antworte nicht und überlege, so zu tun, als wäre ich längst weg. Plötzlich öffnet er die Pforte und entdeckt mich bei den Waschbecken. War ja klar, dass er die Unverfrorenheit besitzt, hier einzudringen. „Willst du nicht mal langsam zum Tisch zurückkehren? Wir warten alle auf dich. Das Dessert ist schon serviert worden."

„Ja, ich wollte gerade aufbrechen."

„Hast du mal auf die Uhr gesehen? Du bist bereits eine Viertelstunde weg. Was glaubst du wohl, was das für einen Eindruck macht?"

„Schon mal darüber nachgedacht, was dein Auftritt vorhin für einen Eindruck hinterlassen wird?", kontere ich und würde ihn am liebsten anspringen und ihm in seine überhebliche Visage trommeln.

„Irgendwie musste ich dich doch davor bewahren, noch mehr Unfug von dir zu geben", hält er dagegen. „Jetzt komm endlich, die Hühnerbeine warten." Er grinst bei seiner eigenen Bemerkung, die er enorm witzig findet.

„Die Hühnerbeine können warten, die Hartmänner müssen sich erst streiten!", lasse ich verlauten und bewege mich keinen Zentimeter von der Stelle.

„Hast du vor, mich zu blamieren vor meinen Geschäftskunden?", fragt er aggressiv.

„Das schaffst du auch allein."

„Meine Güte, du bist immer so stur. Hier geht es um Millionen und Madame fühlt sich auf den Schlips getreten."

„Ich fühle mich vor allem nicht ernst genommen."

„Reden wir jetzt über deine verletzten Gefühle?", fragt er und lächelt boshaft. „Also lässt du die Mimose raushängen, ausgerechnet an so einem Tag!" Sein schroffes Lächeln verschwindet. „Prima. Das ist ja wirklich super! Mach nur weiter so und du wirst alles ruinieren!"

Iiiich? Fragend drehe ich mich um. Außer meiner Wenigkeit und Herrn Hartmann ist niemand da. Also wende ich mich ihm wieder zu und zeige mit dem Finger auf mich.

„Meinst du etwa mich?"

„Hallo?", gibt er erhitzt von sich. „Wen denn sonst? Ständig spielst du die Beleidigte, anstatt dir mal klarzumachen, um was es geht!"

„Hier geht es einzig und allein um deine Großspurigkeit, mit der du die Menschen um dich herum niederrennst. Du bemerkst nicht mal, wenn du andere kränkst."

„Ich habe niemanden gekränkt und du bist ja dauernd eingeschnappt."

„Ach so."

„Bewegst du deinen Hintern bitte zurück an den Tisch?"

Unwillig gehe ich an ihm vorbei und trete in den Flur. Ich sehe die Hühnerbeine von Weitem, wie sie sich zuprosten und sich einen Kuss zuwerfen. Könnte Daniel doch nur eine Spur von der Warmherzigkeit besitzen, mit der sich dieses Ehepaar liebt.

2

A m nächsten Morgen bin ich froh, als Daniel zur Arbeit fährt. Endlich allein. Keine Vorwürfe, kein Gezeter. Nur Ruhe und Frieden. Ich genieße die Zeit ohne ihn. Das sollte mir zu denken geben. Andere vermissen ihren Partner, freuen sich darauf, ihn nach Feierabend zu sehen. Ich dagegen bin dankbar für jede freie Minute. Diese Stille im Haus, das angenehme Rauschen der Heizung, das so meditativ auf mich wirkt. Ich finde das Leben toll – solange Daniel nicht in meiner Nähe ist.

Nach dem Frühstück gehe ich in mein Atelier, das unterm Dach des Hauses liegt. Von dort aus habe ich einen prächtigen Blick auf die Gärten der Nachbarn. Wie sehr ich es liebe, hier oben zu sein und den Pinsel über die Leinwand gleiten zu lassen. Jeder Pinselstrich ist für mich höchste Sinneslust. Das Malen macht mich glücklich, gibt mir die nötige Kraft, die ich brauche, um mich gegen Daniel zu behaupten. Ich bin es leid, mich zu streiten, jedes unnötige Wort möchte ich uns ersparen. Deshalb bin ich im Laufe der Jahre zu einer Memme mutiert, denn Widerspruch ist zwecklos. Ist man mit einer Kampfmaschine verheiratet, hisst man eines Tages freiwillig die weiße Fahne, um schließlich Ruhe zu haben. Trotzdem genehmige ich mir hin und wieder eine kleine Revolte. Vor allem, wenn es um das Thema „Verreisen" geht. Manchmal erhebe ich Einspruch und bitte um einen Urlaub in den eigenen vier Wänden.

„Ha!", ruft Daniel dann aus. „Das ist doch kein Urlaub. Ich muss fliegen. Möglichst weit weg. Nur so kann ich mich richtig erholen."

„Wie wäre es mit zwei Reisen im Jahr statt fünf?"

„Kommt nicht infrage. So kann ich nicht richtig abschalten."

„Und wenn wir mal in Deutschland urlauben?"

„Willst du mich verkohlen? Ich muss was von der Welt sehen!"

Ja, und jedem erzählen, wo er überall schon war. Denn Prahlen ist Daniels Hobby: *Hey, ich war in Las Vegas, Mexico, China, Japan, England ... Ich bin ein Held, denn ich kenne die Welt und*

kann überall mitreden. Ich bin Daniel, der Colum-
bus des 21. Jahrhunderts.

Wahrscheinlich ist dieses übertriebene Reise-
verlangen der Grund, warum ich nicht mehr
so gern in ferne Länder aufbreche. Eigentlich
dachte ich mal, mir würde das gefallen. Aber
vier- bis fünfmal im Jahr ins Ausland ist einfach zu viel. Entspannung finden wir im Urlaub nie, denn Daniel will möglichst viel sehen, rennt von einer Sehenswürdigkeit zur
nächsten. Nur faul am Strand zu liegen, ist
nichts für ihn. Da könnte er ja was verpassen.
Eigentlich läuft unser gesamtes Leben auf der
Überholspur ab, sodass ich mich oft ausgelaugt und verbraucht fühle. Ich sollte mal ein
paar Jahrzehnte Pause beantragen, um mich
vom Ehestress zu erholen. Bloß wo sollte ich
meinen Antrag einreichen? Bis auf Daniel
habe ich keinen Chef, weil ich zu Hause arbeite. Meine Malerei wirft nicht viel ab, denn
mein großer Durchbruch lässt auf sich warten. Natürlich nimmt mein Mann meine Arbeit nicht ernst, so wie er eigentlich nie etwas
ernst nimmt, was ich tue oder sage.

Warum bin ich noch hier?

Diese Frage stelle ich mir immer öfter. Hoffe
ich, ihn zu ändern, die alte Zeit eines Tages

zurückzuholen? Wäre es so, bin ich eine Traumtänzerin, denn Vergangenes ist vergangen. Menschen lassen sich nicht umformen, und schon gar nicht Daniel. Ich kann ihm keinen Fahrplan in die Hand drücken und sagen: „So, von nun an lenken wir unser Boot in meine Richtung, leben so, wie ich es für uns vorgesehen hab."

So funktioniert das nicht! Denn Daniel lässt sich nichts sagen. Er macht sein Ding. Der Partner muss ihm folgen und nicht umgekehrt!

Das Telefon klingelt. Meine Agentin ruft an. Elli. Na ja, Agentin ist vielleicht ein bisschen hochgestochen. Sie ist meine Freundin und kümmert sich um die Vermarktung meiner Bilder. Bisher war sie damit nicht besonders erfolgreich. Gelegentlich organisiert sie eine Vernissage in einer Kaschemme, aber das führte bisher lediglich zu geringfügigen Verkäufen. Mein Bekanntheitsgrad ist gleich null. Solange ich es nicht schaffe, meine Kunstwerke auf exklusiven Kunst-Events zu präsentieren, sitze ich weiterhin in der zweiten und dritten Reihe, da, wo mich niemand sieht.

„Hey, Leonie", begrüßt sie mich und scheint gut gelaunt zu sein. „Ich habe einen Raum für eine Ausstellung gefunden. Ein ehemaliger Dance-Club im Industriegebiet."

„Oh", sage ich und teile ihre übertriebene Begeisterung nicht. Ein Club im Industriegebiet, eine Gegend, die vollkommen ausgestorben ist, wo sich nicht mal ein Eichhörnchen hin verirrt. Aber ich möchte sie nicht demotivieren und lasse sie meine Dankbarkeit spüren. „Das ist ja toll. Klasse."

„Wenn du willst, können wir uns die Räumlichkeiten nachher mal ansehen. Der Preis, den der Vermieter verlangt, ist human."

„Ach ja?", frage ich und kann mir nicht vorstellen, dass sich die Kosten mit dem Verkauf der Bilder amortisieren werden. Bis jetzt war es fast immer ein Zuschussgeschäft.

„Ja, er verlangt nur 2.500 Euro. Ist das nicht supi?"

Ich pruste und schnappe kurz darauf nach Luft.

„Wirklich, supi", antworte ich und überlege, wie ich Daniel überreden kann, mir den Betrag ohne Zänkerei auszuzahlen. Er glaubt nicht, dass meine Bilder gut genug sind, um jemals Anklang in der Kunstwelt zu finden. Er traut mir nicht zu, eine Mallegende zu werden. Ich selbst weiß natürlich genau, dass ich es eines Tages schaffe! Würde ich das nicht glauben, könnte ich kapitulieren. Doch fürs Aufgeben bin ich nicht geschaffen. Ich bin als Kämpferin geboren worden. Dumm nur, dass ich mit einem Kampfhahn verheiratet bin, der mich um Längen schlägt. Ständig meint er, alles besser zu wissen als ich, deshalb pflügt er jegliche meiner Ideen nieder. Er mischt sich in Dinge ein, von denen er nichts versteht, argumentiert mich solange an die Wand, bis ich nachgebe und mich seinen Ansichten füge. Vermutlich mangelt es mir deshalb an Erfolg. Weil ich mich nicht genügend durchsetze, um meinen eigenen Weg zu gehen.

„Und? Treffen wir uns nachher?", will Elli wissen und bedrängt mich eine Spur zu heftig. Eigentlich wollte ich mich den ganzen Tag mit Malen beschäftigen und mich nicht für eine unproduktive Besichtigung in einer Fabrikhalle verabreden. Da ich Elli aber niemals etwas abschlagen kann, stimme ich zu. „Fein", jubelt sie, „dann hole ich dich um dreizehn Uhr ab."

Als es an der Tür schellt, schrecke ich auf und schaue auf die Uhr. Verflucht, ich habe die Zeit total aus den Augen verloren. Sobald ich male, tauche ich in meine Bilder ein und vergesse die Welt um mich herum. Ich lege den Pinsel beiseite und renne vom Dachgeschoss ins Erdgeschoss, um Elli in meiner weißen mit Farbtropfen besprenkelten Latzhose zu öffnen.

„Elli!", rufe ich aus, als ich ihr die Tür öffne.

„Ist es schon so weit?"

„Mannomann, Leonie, der Typ erwartet uns um halb zwei. Wie sollen wir das schaffen, wenn du noch nicht fertig bist?"

„Ich bin fertig. Wir können direkt los."

„So?"

„Ja, wo ist das Problem?"

„Na, dein Aufzug!"

„Ach was, das ist schon in Ordnung. Ich will ja keinen Schönheitswettbewerb gewinnen, sondern bloß einen Raum anmieten."

„Wie du meinst. Aber wir fahren mit deinem Auto. Hab keine Lust auf Farbflecke im Polster."

„Klar, machen wir." Ich greife nach dem Wagenschlüssel und meinen Papieren. „Kann losgehen."

3

Pünktlich um halb zwei erreichen wir die stillgelegte Fabrik. Ein junger Mann im Dreiteiler steigt aus seinem offenen Sportwagen und schlendert langsam auf uns zu, während ich mein Auto peinlich genau auf einer eingezeichneten Parkfläche abstelle, was natürlich nicht nötig gewesen wäre, da sonst kein einziges Fahrzeug hier steht.

„Schau mal, Leonie, was da für ein Sahneschnittchen auf uns zukommt."

„Ich sehe nur einen Lackaffen im Designerfummel."

Elli verdreht die Augen über meine Bemerkung und steigt aus, um ihrem Tortenstück entgegenzulaufen. Ich lasse mir Zeit, denn ich hab's nicht eilig. Sobald ich einen Kerl im Anzug sehe, krieg ich das Würgen. Vermutlich liegt's an Daniel, der tagtäglich in perfekter Montur das Haus verlässt und ich diesen Anblick nicht mehr ertragen kann. Obwohl der

Anblick nichts dafür kann, lediglich das aufgeblasene Gehabe meines Ehegatten. Somit sehe ich in jedem Anzugträger einen Snob. Schlimm genug mit einem verheiratet zu sein. Da brauch ich nicht auch noch einem blasierten Hammel auf dem Industriegelände zu begegnen.

Langsam bewege ich mich aus meinem roten Mazda, der in etwa so alt ist wie ich. Ich liebe meine Knutschkugel, weil sie mich niemals im Stich lässt. Natürlich sieht sie nach nichts aus, wirkt wie ein alter Marienkäfer aufgrund ihrer vielen Rostflecke, die ich liebevoll pflege und ausbessere. Aber ich bin Menschen und Gegenständen ein Leben lang treu. Daher tausche ich weder Daniel noch mein Auto aus, auch wenn die Zeit reif wäre.

Elli winkt mir von Weitem zu und fordert mich auf, mich zu ihrem Kuchenstück dazuzugesellen. Ich stecke meine Hände in die Taschen der Latzhose und schlürfe angeödet zu ihr und diesem Aufschneider. Ogottogott, seine Parfümwolke erreicht mich schon aus einhundert Meter Entfernung. Ich rümpfe die Nase und mein Unwille, ihm näherzukommen, wird immer größer. Kann Elli das nicht allein aushandeln? Ich hab eine Allergie gegen Sahneschnittchen. Vor allem wenn sie nach Parfümerie stink ... äh, duften. Plötzlich verführt der Geruch meine Nase und setzt sich sanft auf meine Flimmerhärchen. Mein Kopf beugt sich von allein vor und scheint sich flinker als der Rest meines Körpers zu bewegen. Nun kann ich nicht schnell genug bei der Süßspeise ankommen, weil sie meinen Geruchssinn mehr umschmeichelt, als mir lieb ist. Ich bin hypnotisiert.

„Frau Hartmann?", spricht mich der Leckerbissen mit seiner Baritonstimme an und ich warte darauf, dass das Orchester mit einstimmt.

„Äh ja, Herr ...", flöte ich meinen unvollständigen Satz wie eine Nachtigall. Ich wusste gar nicht, dass meine Stimmbänder solche Töne von sich geben können. Als wäre ich geradewegs aus dem Feenreich entsprungen.

„Rosenbaum", stellt sich die Parfümwolke vor und reicht mir die Hand. „Leon Rosenbaum."

„Leon?", schießt es aus Elli heraus. „Wenn das kein gutes Omen ist. Meine Freundin heißt Leonie."

Plaudertasche!

„Ach, wirklich?", fragt Leon Sahneschnitte.
„Was für ein charmanter Zufall."

Ich werde rot. Gott, ich will nach Hause! Raus aus dieser haarsträubenden Situation.

„Ja, in der Tat", sage ich ruppig. „Können wir jetzt zum Geschäftlichen kommen?" …

„Kein Sex mit einem Millionär"

von
Sabine Richling
Erschienen bei BoD als Taschenbuch und
E-Book

Das Leben könnte so schön sein. Wäre Leonie nur nicht mit dem falschen Mann verheiratet. Seit zwanzig Jahren klebt sie an ihrem Angetrauten, der sich zu einem Millionär und überheblichen Patriarchen gemausert hat. Leonie ist Geld nicht wichtig, darum will sie ihr Luxusdasein an den Nagel hängen und endlich wieder „normal" leben – ohne Mann. Doch dann lernt sie Leon, den vermögenden Immobilienhändler, kennen und es knistert gewaltig. Sie wehrt sich gegen ihre Gefühle, doch Leon ist ein exzellenter Verführer …

„Im Jenseits schmeckt die Liebe süßer"
von
Sabine Richling
Erschienen bei BoD als Taschenbuch und
E-Book

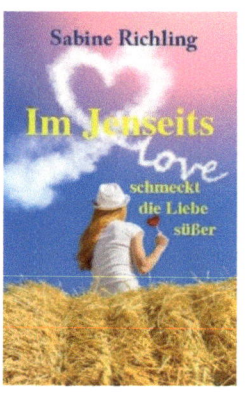

Die siebzehnjährige Lina ist in der Lage, mit Ver-
storbenen zu reden. Welch verrückte Gabe, die
Segen und Fluch zugleich ist!
Dabei will sie nur eines: ein normales Leben führen und den attraktiven Florian näher kennenlernen. Und tatsächlich spricht er sie eines Tages in
der Schule an. Er weiß von ihrem Talent und bit-
tet sie um Hilfe. Lina möchte ablehnen, denn so
hat sie sich die erste Verabredung mit ihrem
Schwarm nicht vorgestellt. Aber sein Charme ist
verboten sexy und auch er besitzt eine geheime
Begabung.

Als Lina ein rätselhaftes Zeichen aus dem Jenseits erhält, ist sie zutiefst verunsichert. Sie befürchtet, sterben zu müssen. Oder versteht sie alles ganz falsch?

Eine spannende Liebesgeschichte voller emotionaler Momente. Eine Erzählung mit Herz und Humor, die sich der Frage widmet:
Gibt es ein Leben nach dem Tod?

Witzig, romantisch und übersinnlich.

Sabine Richling ist 1968 in Berlin geboren und aufgewachsen. Nach Abschluss einer kaufmännischen Ausbildung arbeitete sie viele Jahre in einem Handelsunternehmen. Später wechselte sie zu einem Hamburger Verlag. Inspiriert durch die Verlagsluft schrieb sie die ersten Entwürfe einiger Kurzgeschichten. Eine Erkrankung riss sie aus dem Berufsleben, daher widmete sie sich verstärkt dem Schreiben.

Heute schreibt sie am liebsten Beziehungskomödien und unterhaltsame Kurzgeschichten. Im Dezember 2012 veröffentlichte sie den romantischen und humorvollen Roman „Ein Iglu für zwei", der aufgrund seines Erfolges anschließend als Hörbuch und in englischer Sprache erschien. 2019 wurde diese bezaubernde Lovestory unter dem Titel „Das Mädchen und der Star" neu aufgelegt.

Es folgten die amüsanten Liebeskomödien „Gefühlschaos inklusive", (heute unter dem Titel „Verlieben ist Chefsache") und „Liebe braucht keine Hexerei".

Bald entdeckte sie ihre Leidenschaft für Fantasy und Mystik. Es blieb unausweichlich, einen Roman zu schreiben, der alles vereint: Liebe, Romantik, Fantasy und Science-Fiction. Also holte sie sich Schützenhilfe und kreierte mit ihrer Freundin Christina Lelewell den Fantasy-Romantik-Roman „Die Macht der schwarzen Perlen" (inzwischen unter dem Titel „Sternenmann sucht Erdenfrau"), der im Dezember 2015 in zweiter Auflage erschien und ein Genre bedient, das in seiner Form neu interpretiert wurde.

Zur gleichen Zeit arbeitete sie an dem Fantasy-Romantik-Thriller „Dach der Hölle", der mittlerweile ebenfalls in zweiter Auflage erschienen ist.

Im Oktober 2016 ging ihr neuer humorvoller Liebesroman „Kein Sex mit einem Millionär" an den Start für Fans der knisternden Romantik.

Und für Liebhaber des Übersinnlichen schrieb sie den Liebesroman „Im Jenseits schmeckt die Liebe süßer", den es seit September 2017 zu kaufen gibt.